JN253027

Family Life

Akhil Sharma

ファミリー・ライフ

アキール・シャルマ

小野正嗣 訳

この本を、愛する妻リサ・スワンソン、亡き兄アヌップ・シャルマ、
そして勇敢で誠実な両親プリタム・シャルマとナーラーヤン・シャルマに捧げる。

FAMILY LIFE
by
Akhil Sharma

Illustration by Satsuki Ioku
Design by Shinchosha Book Design Division

ファミリー・ライフ

僕の父は陰気だ。三年前に退職した。あまり喋らない。放っておくと何日でも黙っている。いったんそうなると、ふさぎの虫にとりつかれ、変なことを考えはじめる。このあいだも父に言われた。おまえは自己中心的だよ。ずっとそうだった。赤ん坊のときには俺がテレビをつけたとたん泣き出したしな。僕は四十歳で父は七十二歳だ。そんなことを言われ、つい父をからかってしまった。ニュージャージーにある両親のうちにいてリビングルームのソファに座っていたときだ。「そのかわいそうな赤ちゃんって誰のこと？」と僕は言った。「いつも泣いていたその赤ちゃんって誰なのさ？」

「ほっといてくれ」と父はうなると、後ずさりして身をよじらせた。「おどけるな。おれは冗談を言ってるんじゃない」父の肌は黄味がかっている。あごの下の皮はたるみ、年寄りにはときどきいるけれど、耳たぶは薄く伸びている。

母は父よりは朗らかだ。「わたしみたいになりなさい」とよく言う。「わたし、友達が多いでしょ？　ほら、いつもにこにこしているし」しかし母もふさぎ込むときがある。そうなると、ため息を漏らして言う。「こんな人生にはもううんざりよ。アジェはどこ？　何のために育てたのかしら？」

僕の記憶にある限りでは、両親はたがいを悩ませてばかりいた。

インドのデリーでは、僕たちは二階家の屋上にあるセメント造りの二部屋に暮らしていた。浴室は離れたところにあって、壁の外側に洗面台が付いていた。毎晩、満天の星の下、父は洗面台の前に立って歯茎から血が出るまで歯磨きをした。洗面台に血をペッと吐き出すと、母のほうを向いて言った。「死、死だよ、シューバ。何をしようが俺たちはいずれみんな死ぬ」

「はい、はい、言ってなさいよ」と母が言った。「新聞社にも連絡したらどう。あなたのご発見をみんなに知ってもらわなきゃね」独立以前に生まれた世代がそうであるように、母も陰気くさいことを口にするのは非国民的だと思っていた。不平をこぼすのは困難を受け入れる気のない証拠、国家建設に必要な努力をする気がない証拠なのだと。

父は母の二つ年上になる。母とはちがって、どこを向いても父の目に映るのは、不誠実さと利己心ばかりだった。自分だけではなく、誰の目にも明らかなのに、誰もが意図的に目をつぶっていると信じ込んでいた。

父にすれば、血を吐き出すことに母が苛立つのは偽善にほかならなかった。

父は会計士だった。アメリカ領事館に行くと、中庭をぐるりと囲む長蛇の列に並び、ヴィザの申請書類を提出した。二十代の初め頃から、そして一九六五年にアメリカが移民政策を緩和して以来、父はずっと西洋に移住したがっていた。その願望は自己嫌悪から生じたものだった。インドで街を歩いていると、父はしばしば、通り過ぎる建物という建物にそっぽを向かれているような気がした。自分は建物にとって何の意味もなく、これなら生まれてこなければよかったと感じられるほどだった。そんな気分になるのは、あくまでも環境のせいであって、建物が自分について意見を持っていると感じてしまうような自分のせいだとは考えもしなかった。だから父はどこかに行けば、それもドルで稼げて金持ちになれるところに行けば、違う人間になって、感じ方も変わるはずだと信じていた。

移住したいと思う別の理由もあった。父にとって、西洋は科学のもたらす興奮に満ちた魅力的な場所だった。五〇年代、六〇年代、七〇年代のインドにおいて科学はほとんど魔術に等しいものだった。ラジオをつけると、まず遠くのほうで声が響き、それが僕たちのところにわっと押し寄せてきたのを覚えている。この機械は僕たちのためだけに特別なことをしてくれているんだという感じがしたものだ。

わが家でいちばん科学を愛していたのは父だった。自分の生活のなかに科学を持ち込もうと、父は病院に行き、尿検査を受けた。もちろん健康上の不安もあったとは思う。どうも調子が悪いが、たぶん医者なら簡単に治せるだろう、と。その上、診察室に座って白衣を着た医者に話しかけていると、なにか重要なことに触れている感じがした。いま医者が自分にしているのと同じことを、イギリスとかドイツとかアメリカでも医者はやっているのだ。すると、そうした外国にすでにいるような気になるのだ。

この科学の魅惑を理解するには、六〇年代、七〇年代が緑の革命の時代だったことを思い出すべきだろう。科学は世界で何よりも重要なものだと思われていた。当時、五歳か六歳だった僕でさえ、緑の革命のおかげで夏でも飼料があり、かつてであれば死んでいた人々の命が救われていることを知っていた。緑の革命はあらゆるところに影響を及ぼしていた。うちの母もご近所さんたちと大豆のレシピについて議論しながら、大豆はチーズと同じくらい健康にいいのよと言っていた。マザー・デイリー社はデリーの街中に、側面に青い垂れ幕のついたセメント造りのキオスクを設置していた。緑の革命は西洋からやって来た。しかもそれがフォード財団のような組織によって、儲けや報酬を度外視してもたらされたために、西洋は大いなる善意に溢れた場所だと思われていた。『ハレー・ラーマ、ハレー・クリシュナ』や『ピュラブ・アウル・パシム』などの反西洋的な映画は、インドにやって来たヒッピーに対する不安よりは、西洋のこの気前の良さに対する劣等感から生まれたものだと個人的には思う。

　母のほうは移住に何の関心も見出せなかった。高校で経済学の教師をしており、仕事が気に入っていた。教職は最高の仕事よ、と言っていた。教えながら学べるし尊敬もされる。けれど西洋であれば僕と兄にたくさんのチャンスが与えられることも母にはわかっていた。そして非常事態令が宣言された。インディラ・ガンジーが憲法を停止し、何千もの人を投獄すると、多くの人たちがそうだったように、両親は政府を信用しなくなった。それまでうちの両親は——あの父でさえ——インドの独立を誇りに思うあまり、雲ひとつ見ても、「あれはインドの雲だ」と思うような人たちだった。それが非常事態令のあとは、政府ともめ事など起こしそうにない、ごく普通の市民だったにもかかわらず、国を出たほうがよいかもしれないと感じるようになっていた。

　一九七八年、父はアメリカへと旅立った。

アメリカで父は政府機関の職員として働き出した。ニューヨークのクイーンズという場所にアパートを借りた。一年後、父から航空券が送られてきた。

七〇年代のデリーを想像するのはむずかしい。とにかく静かで、車はほとんど走っていなかった。子供たちは通りの真ん中でクリケットをやり、たまに車をよけるだけでよかった。野菜売りが午後遅くになると荷車を押してやって来て、ひきつった甲高い声で品物を売り歩いていた。当時、ケーブルチャンネルは言うまでもなくビデオなど存在しなかった。一本の映画が大きな劇場で二十五週とか五十週続けて上映され、それが終わると二度と上映されなかった。僕たちの通りのどん突きにあった『ショーレー』の巨大な広告板が取り外されたとき、すごく悲しかったことを覚えている。まるで誰かが死んだみたいだった。

あの当時の僕たちの質素な生活を思い出すのもむずかしい。薬瓶に詰められていた綿は取っておかれ、母親たちはそれを使ってろうそくの芯を作った。質素さゆえに、世界の物質的な現実に対する僕たちの感受性は、いまの人たちとはずいぶんちがっていた。母はマッチ箱を買うと、兄をテーブルの前に座らせ、マッチ棒を剃刀で二つに割らせていた。いくつかのものに火をともさなければならないときには、まずねじった紙切れをマッチで燃やし、それを手に部屋のなかを、コンロ、線香、蚊取り線香と火をつけて回った。物を大切に扱っていたおかげで、マッチ棒が柔らかいことや、つばを吐きかければ紙を燃やす火の勢いが弱まることを知っていた。

わが家に航空券が届いたあの当時、すべての家が、海外に出発する日に楽団を招いて野外演奏させていたわけではない。それでもまだそうしている家は多かった。

航空券が届いたのは午後だった。兄と僕は居間で「蛇と梯子」(ボードゲームの名)をやっていた。熱気を遮断するためにカーテンが引かれた室内は薄暗かった。通りから叫び声が聞こえて、航空券が届いたことがわかった。

住まいの二部屋をつなぐバルコニーに僕たちは出た。下を覗くと、八月の熱気に通りが揺らめいていた。僕は八歳でビルジュは十二歳だった。僕と同じかもっと幼い五、六人の子供たちがわが家に向かって歩いていた。先頭には日焼けしたガリガリの若い男と、バギーシャツと長ズボン姿の太った白髪の女がいた。子供たちの集団はたえずばらけた。通りのどの家も上をぎざぎざのガラス片で覆われた壁で囲まれていた。壁には鉄の門扉がついていて、子供たちはその前に立ち止まると叫んだ。「シューバおばちゃんちの航空券が届いたよ」僕たちのことが大声で呼ばれるなんて初めてだった。わくわくして笑みがこぼれた。大声を上げて、僕たちは家にいるよーと手を振ってやりたかった。

ベーリおばさん——集団の先頭にいた太った女性——はご近所さんだった。親戚でなくとも敬意を示すべき人はたいてい「おばさん」とか「おじさん」と呼ばれた。ベーリおばさんは僕たちに好意を持っていなかった。チケットが届いたときにわたしもそこにいたのよ、と後から言えるようにやって来ただけなのだ。やせた男が配達人だった。頭を高く上げて誇らしげに歩き、うしろからついてくる子供たちを無視していた。片手に大きなマニラ封筒を握っていた。

バルコニーにいたビルジュと僕は、手すり壁沿いの小さな陰に身をひそませた。ビルジュは下の通りを見ると、小声で言った。「アメリカに行くってなると、とたんにみんな友達になるんだよな」兄の髪はくるくる巻き、あごはぽっちゃりと丸かったので、重みで顔が長く見えた。兄の言葉を聞いて、大声で呼ばれることの誇らしさが困惑に変わった。兄と母はすべてはお見通しだというような喋り方をした。人々はおのれを欺き、たがいを欺くことはできるかもしれない。しかし兄と母は人々の内なる真実を見通すことができるのだ。兄が一目置かれるもうひとつ別の理由もあった。成績がクラスのトップだったのだ。そうした場合にありがちなように、近所の人たちは兄を特別扱いした。成績がとても良かったので、将来を約束されているように見えたのだ。すでにより大きな世界につながっているように感じられたのである。兄が意見を言うと、ラジオで放送されたみたいな感じがして、何を言われても正しいにちがいないと思えるのだ。

「毒舌だなあ」と僕は言った。

数分後には、みんながうちの居間にいた。ベーリおばさんはスツールに座って、ハアハア喘いでいた。

「ねえ、シューバ。とうとう望みが叶いそうね」と彼女は言った。

母は昼寝をしていたので髪が乱れていた。しわの寄ったコットンのサリーを着ていた。何も言わず航空券を見た。小切手帳みたいだった。母のそばには配達人が立っていた。ベーリについて来た子供たちは薄暗がりのあちこちに散らばって、配達人が持ってきた荷物用のタグに自分の名前を書いていた。

母が返事をしないので、ベーリが言った。「あなたのだんなさん（ミスター）もさぞや嬉しいでしょうね」

「だんなさん（ミスター）」という語に不謹慎な響きがあるのは僕でもわかった。夫と妻が人前で手をつなぐことさえ憚られていたような、人目を気にする時代だった。ヒンディー語以外の言葉を使うのは、何か慎みを欠くことを当てこするときだった。

「ミシュラさんはビルジュとアジェに会えるから嬉しいでしょうね」と母は言った。父の名字の後に「さん（ジー）」をつけたのは、なにもやましいところはないと示すためだった。

「それは嬉しいでしょうね、あなたにも会えるし。一年も離れればなれだったもの」ベーリがそう言うと、しばらく沈黙が続いた。こうしたやりとりの意味がすべて理解できたわけではないけれど、二人のあいだに何らかのいさかいが生じているのはわかった。

「嬉しいんでしょ、シューバ」勝利を確かめるかのようにベーリが言った。

「嬉しくっちゃいけないの？」母は苛立った声で訊いた。

思わぬ反撃に、ベーリは目をそらした。

それに続く沈黙のなか、配達人が母に身を寄せて囁いた。「ほうび、ほうびを」配達人は、チップを与えるという行為をムガール的で貴族的な行為に変えようとしてか、ウルドゥー語の「ほうび（イナム）」という言葉を使った。

ごく普通のサービスにもチップを与えるという考え方がちょうどインドに入ってきたばかりの頃だった。しかし誰もチップなんかあげたくなかったので、あげなくても文句を言われないで済む方法を誰もが探していた。それで、チップを与えたりすると、イスラム教徒だとか外国人気取りだとか言われてよく非難された。

腹いせの相手を必要としていたベーリは、「イナム」という言葉を聞きつけると、さっと首を配達人のほうに向けた。「イナム？　ここに来たってそんなものありゃしないよ。わたしたちは庶民なんだ。英語はしゃべらない、ジーンズもはいてない。酒も飲まなきゃ奥さんが三人いるわけでもないんだ」

僕と同じくビルジュも人をからかうのが好きだった。それも怒られないとわかっているときは特に。大人が配達人に言いがかりをつけ、しかも配達人は貧しく、普段うちに来る人ではなかったから、ビルジュも一緒になってからかい出した。「ほうび！　兄貴、盗賊でも捕らえたんですか？　逃亡者を捕らえたとか？　そういうこと？　もしそうだったら絶対警察がほうびをくれますよ」

いさかいの直後である。母がなんであれベーリの言葉に賛同するはずがなかった。母もチップを与えるのは大嫌いだったけれど、僕に言った。「アジェ、財布を取ってきて」僕は寝室に行った。母が財布をしまっている箪笥がそこにあったのだ。すぐにバッグを手に戻った。

配達人は一ルピー硬貨を受け取ると、額につけた。

配達人が立ち去ると、ベーリが言った。「シューバ、あなた、もうすっかりアメリカ人ね」そしてスツールからよいしょと立ち上がると、子供たちのほうを向いた。「ほらほら、帰るのよ」


初めはチケットを持っていることにぞくぞくした。

翌朝、通りの端にある牛乳屋に行った。店はチケット売り場と同じくらいの幅のセメントのブースだった。晴れ渡った暑い朝で、着くまでに汗だくになっていた。店に近づくと、牛乳の匂いと腐敗臭、そして牛乳屋が毎朝祈りを捧げるときに燃やすお香の匂いが漂ってきた。歩道の上には、牛乳を入れる容器を持った男の子たちが車道にはみ出すほどいて、牛乳屋の気を引こうと

「お兄さん、お兄さん」と声を上げていた。

男の子の何人かは、僕を見るとさっと目をそらした。その頭の動きは首を振る扇風機みたいだった。ほかの子たちは僕に何か盗られでもしたかのようににらみつけてきた。どちらにしてもうらやましくてたまらないのだ。そう思うとぞくぞくした。

男の子の一人に近づくと、両手を合わせて言った。「おはようございます（ナマステ）」男の子は不思議そうに僕を見た。同じ年頃の子にそんなふうに礼儀正しく話しかけるのが奇妙なのは知っていた。けれど、過度に礼儀正しく振る舞うことで、自分がさらに特別な存在になる気がしたのだ。僕はアメリカに行くだけじゃなくて、礼儀正しく謙虚でもあるのだ。「家族の調子はいかが？　みんな楽しく元気にやってる？」喋っていると興奮は募った。笑みがこぼれないようにしなければならなかった。半ズボンのポケットから荷物のタグを取り出した。タグには小さな穴があって、そこにゴムの輪っかがついていた。「航空券が届いたんだ。これと一緒にね。見たい？」僕はタグを差し出した。

男の子は困りきっていた。もし見たくないといえば、うらやましいと白状しているも同然で、弱味を見せることになってしまう。彼はタグを手に取ると、ちょっといじくっただけで、何も言わず返した。

僕はふたたび口を開いた。「アメリカではみんな白分のモーターボートを持ってるんだってさ」誰からもそんな話を聞いたことはなかった。けれど口にしてみると、本当のことのように思えた。「僕、泳げないから溺れないといいな」謙虚な上にアメリカに行く自分は、なんて素晴らしいんだろうと思った。

人混みはまばらになっていた。僕が話しかけた男の子は立ち去った。別の男の子のほうを向くと、僕はふたたび手を合わせた。

　航空券が届いてから最初の日曜日、母は僕とビルジュを祖父母のところに連れて行った。まだ暗いうちから母に起こされた。僕たちは屋上に出て、バケツとマグカップを使って水浴びをした。頭上に月を見ながら体を洗うのは奇妙な感じだった。そして地平線が明るくなり始めると、朝いちばんの光が貴重でかけがえのないものに感じられた。それから少しして空がすっかり明るくなると、僕たちはバス停まで歩いた。ビルジュは母と並んで歩き、僕は壁の投げかける影のなかを歩いた。日陰に入ると、そこにはまだ夜が残っているかのように、埃は重たげに漂い、何もかもがちがう匂いを放っていた。

　祖父母が住んでいるあたりではすべてが面白いほどこぢんまりしていた。路地は狭く、手を伸ばせば両側の家の壁に触れることができた。僕たちが着いた朝、側溝には泡だらけの水が流れ、通りには石鹸の匂いに加えて熱い油とパラタを焼く匂いが立ちこめていた。

　僕たちに気づくと、白い小さな中庭を掃いていた祖父は上体を起こした。「おやおや、そこの二人の王子は誰だい？　聖者がわたしの家を祝福しに来てくれたのかい？」祖父は白いパジャマと、家で縫った肩紐の長い袖なしの肌着を着ていた。僕は礼儀をわきまえた良い子だと思われたくて小走りで祖父のところに行き、足に触れた。

「航空券が届いたよ、おじいちゃん（ナーナージー）」とビルジュが言った。それを聞いて、それは僕が言いたかったと思った。まっさきに知らせを告げたかったからだ。

「おまえたちを二人とも行かせるわけにはいかん。どちらかはそばにいてもらわんとな」

「さみしくなるね」とビルジュは言うと、手を伸ばして祖父の足に触れた。兄の腕は長くきゃしゃだった。

「僕もだよ」と僕は小声で言った。いかにも良い了に見えることを言う兄にまたもや嫉妬していた。

中庭を囲んで両側に小さな部屋がいくつかあった。そこは日陰で涼しかった。どの部屋も防虫剤の匂いがして、それがまた心地よかった。閉じられたトランクと季節ごとに出し入れされる物があるということだからだ。

午前十一時頃、そうした部屋のひとつにあった簡易ベッドで僕は眠った。目が覚めると横に兄が寝ていた。フケをおさえるために母が兄の髪に塗りこんだココナッツオイルの匂いがした。母と祖母は中庭のそばの床に座っていた。二人は小声で話しながら、小さなパン生地の塊を指先でこすり合わせて糸のように細くすると、小さくつまみ取っては、ひざに広げたタオルの上に落として、シーミーを作っていた。シーミーは切られた爪みたいに見えた。

「おまえは英語が話せないじゃないか」と祖母がささやいた。

「勉強するわよ」

「もう四十になるんだよ」

「行くのはビルジュとアジェのためよ」

「あの子たちにとってはここで家族みんなで暮らすほうがいいんじゃないのかい?」

「父親が向こうにいるのよ」

「ここだったらおまえにも仕事があるし」

「ここですって？　泥棒の国よ。このままだったらあのインディラに喰いつくされるわ」

僕は横向きになって、二人の様子を観察しながら耳を傾けていた。昼寝をするとたいていもの悲しい気分になった。横になったまま、アメリカに行ったら日曜日になってももう祖父母に会えないんだなと思った。そのときまで、アメリカに行くことはインドを離れることだということがちゃんと理解できていなかった。アメリカの人たちが持っているロケットベルト（背中に着ける個人用噴射推進機）とチューインガムを手に入れて、友達に見せびらかしてやろうなどと考えていたくらいなのだ。

すぐに昼食の時間になった。僕はビルジュと並んで床に座った。ロティをちぎるときは前かがみになって、垂れてくるものが金属の皿の上に落ちるようにした。もの悲しい気分は消えなかった。僕がインドを離れても、祖父母の家は存在し続け、路地の両側の溝にはなおも泡立った水が流れているなんていまひとつ実感が湧かなかった。


十月の初めに出発することになっていた。八月にはまだずいぶん先のことに思われた。そして九月になった。夕方になると、日はどんどん過ぎていくのに、やり残したことがあって、毎日を無駄にしているように感じられた。

僕は眠っているあいだに喋るようになっていた。午後、学校から帰ると、ビルジュと母と一緒に寝室の大きなベッドでよく昼寝をした。厚いカーテンが引かれ、天井の扇風機が回っていた。空気をやわらげるために床には水を入れた容器が置かれた。ある日の午後のことだ。僕は目を開けたままベッドで横になっていた。手足を動かすことができなかった。暑くて、汗をかき、パニックに襲われていた。蟻がテレビを運んで壁を昇っていくのが見えた。「赤蟻がテレビを持っていこうとしてるよ」と僕は言った。ビルジュが横に座って僕を見下ろしていた。明らかに面白がっていた。そんな兄のほうが蟻よりもリアルに感じられた。

僕は学校でケンカをするようになった。僕は三年生だった。ある日の午後、教室のうしろで親友のヘルシュと、黒い布の下に髪をひとつに束ねた小柄なシーク教徒の男の子と一緒に立ち話をしていたときのことだ。「アメリカ人は水じゃなくて紙でお尻をきれいにするんだよ」とそのシーク教徒の子が言った。

「知ってるよ」と僕は言った。「ほかの人が知らないようなことを言えよ」

「アメリカでは、イエスじゃなくて『ヤー』って言うんだよ。シンさんがきみに教えてやれって」

「どうでもいいよ、そんなこと。飛行機に乗ると、スチュワーデスはお客が欲しがるものはなんでも出さなきゃいけないんだ。僕は虎の赤ちゃんをもらうつもり」

「飛行機に乗るときは、うしろのほうに行くんだよ」とヘルシュが言った。「いちばんうしろまで行って座りなよ」ヘルシュは優しい口調でそう言った。体には不釣合なほど大きな頭をしていた。「飛行機って落ちるときは頭から落ちるんだよ」

「あっち行け、馬鹿野郎」僕は叫ぶと、ヘルシュの胸をどんと突いた。彼はうしろによろけた。一瞬、僕をじっと見つめた。目がうるんでいた。

「見ろよ」と僕は大声で言った。「こいつ泣きそうじゃん」

ヘルシュはそっぽを向いて自分の席に歩いていった。どうしてそんなことをしたのか自分でもわからなかった。

僕は毎朝、牛乳屋に通い続けた。僕がアメリカに行くからだろう、牛乳屋は他の人たちと一緒に並ばせる代わりに僕を呼んで前に来させた。彼にできるのはせいぜい目をかけてくれることくらいだったから、そうしてくれたのだろう。

あるとき、彼が訊いてきた。「おまえの兄ちゃんの自転車はどうするつもりなんだ？」牛乳屋は十七、八歳で、店の入口に立っていた。パジャマの裾をたくし上げ、はだしだった。牛乳はどうしてもこぼれてしまうし、スリッパを履いた足で牛乳を踏むのは罰当たりなことだったからだ。

「知らない」

「買いたいってお母さんに言っといて」

話しているとき、他の少年たちがこっちを見ているのがわかった。その視線がうなじに太陽のように熱かった。

置いていくかもしれない物が欲しいと親戚がうちにやって来るようになった。

ある生暖かい夜、父の弟がやって来た。苦虫をかみつぶした顔をして、口ひげから汗のしずくを垂らしながら、居間のソファに座っていた。天井の扇風機が回っていた。お茶を何杯か飲むと、ついに口を開いた。「テレビと冷蔵庫はどうするつもりなんですか？」

「売るつもりよ」と母は答えた。

「どうして？　金には困ってないでしょう？」

ひとつまたひとつと家具が消えていった。安楽椅子が消え、ソファーベッドが運び去られ、何もない壁に向かい合って置かれていたソファも消え去った。ハツカネズミみたいに細い作業員たちがやって来た。裂けたシャツを着て、腰のまわりにシーツを巻き、乾いた汗の匂いがした。作業員の一人が、居間にあった鉄製の箪笥を傾けて、もう一人の背中にあずけた。箪笥を背負った男はじりじりと部屋の外に出て行った。ダイニングテーブルは横倒しにされて運ばれていった。テーブルがなくなると、セメントの床に擦ったあとが白く残っていた。テレビまでなくなってしまうと、ビルジュと僕は空っぽの居間の片隅に立って、「わー！　わー！」と叫んで声を反響させた。

九月の終わり頃、僕が眠っているあいだに歩いたり喋ったりするのは幽霊に取り憑かれているせいだとビルジュは僕を納得させた。

ある日の午後遅くのことだった。僕たちは昼寝から目覚めたところで、いつものようにバラのシロップを混ぜた牛乳を飲んでいた。「アジェ、母さんには言うなよ。でもおまえは取り憑かれてるぞ。おまえが話しているとき、話しているのはおまえじゃなくて幽霊なんだ」

「嘘だよ。兄ちゃん、いつも嘘ばっかり言ってんじゃん」

「幽霊に話しかけたらさ、そいつには予言能力があるって言うんだよ」

空を飛ぶとか未来を見通すとか、自分には超自然的な力があるかもしれないと僕はずっと信じていた。「嘘だ」と言いながらも、兄が正しければいいなあと思っていた。

「僕の身に何が起こるか訊いてみたんだ」そう言うとビルジュは黙りこんだ。ふざけているようには見えなかった。

「幽霊はなんて答えた？」

「僕は死ぬって」

僕は兄を凝視した。兄は下を向いた。まつ毛は長く、肩幅は狭く、胸も薄かった。

「信じなかったさ。それで、『おまえが幽霊だったら、どうしてアジェみたいに喋るんだよ？』って言ってやったんだ。そしたら『生まれ変わったことがないし、一度も罪を犯したことがないから、子供の清い心を持っているんだ』だってさ」

「たぶん幽霊は嘘をついてるんだよ」

「どうしてわざわざ嘘をつくんだよ？」

僕は答えに窮した。ビルジュのほうが正しいように思えた。「幽霊は僕のことなんか言ってた？」

「どうしておまえのことを訊かなきゃなんないんだよ。自分のことで手いっぱいなのに」


自転車が持っていかれるとき、ビルジュは泣いた。階下に行こうとしなかった。自転車がトラックの荷台に積まれるところを見たくなかったのだ。その代わり、居間の床に座り込んで、両手のつけ根をぎゅっと目に押し当てていた。

残された物のなかには、僕のおもちゃを入れたプラスチックのバケツがあった。ここに置いていきなさいと母に言われた。鍵のかかった部屋の空っぽの居間に黄色いバケツがぽつんとひとつ置かれてある光景を思い浮かべると、バケツを見捨てようとしているみたいで罪の意識を覚えた。おもちゃは人にあげることにした。

インドでの最後の日の朝、バケツを手に牛乳屋に向かった。歩道で押し合いへし合いしているたくさんの男の子たちを見て、困ったなあと思った。その子たちに僕のことを覚えておいてもらいたかったけれど、これまでさんざん意地悪してきたのだ。

「欲しいものある?」歩道に立つと、顔中が無精ひげに覆われた少年に話しかけた。バケツからミニカーを取り出して差し出した。声が震えていた。「僕、引っ越しちゃうからさ。もしかして、これ欲しいんじゃないかなって」

少年の手がぱしっと僕の手のひらを打った。その瞬間にはもう、ミニカーを取り戻したくなっていた。

「ほかに欲しいものはない?」ひどく震える声で僕は言った。バケツを下に置くと、一歩下がった。少年は前かがみになって、がちゃがちゃとせわしなく中を探った。プラスチック製の兵士を二体、馬を一体、そして引き金を引くと音が鳴って光線を放つ大きな透明プラスチック製の銃をひとつ持っていった。

僕は別の子に近づいた。その子が貧しいことは知っていた。店に牛乳缶ではなくて、コップを持ってきていたからだ。

すぐにバケツは空っぽになった。バケツをどうしたらいいのか困った。「持ってく?」とその貧しい子に訊いてみると、恥ずかしそうに頷いた。立ち去ろうとする僕に牛乳屋が叫んだ。「アメリカでも俺のことを忘れんなよ」

その夜、僕たちを空港に連れていくために母の弟がやって来た。

父は政府によってわが家に配属されているのだと思っていた。ほかに何の目的もないように見えたからだ。夕方帰宅すると、リビングルームの自分の椅子に座り、お茶を飲み、新聞を読む。ただそれだけ。しょっちゅう怒っているように見えた。アメリカに出発するころまでには、さすがに僕も父が政府から派遣されて僕たちと暮らしているわけではないことは理解していた。それでも僕は父にはほかにやることがないのだと信じ続けていた。そして父が恐ろしいとも思っていた。

空港の到着ロビーで父は待っていた。金属の手すりに寄りかかっていた。怒っているように見えた。それを見て僕は不安になった。

父が借りたアパートには寝室がひとつしかなかった。クイーンズにある背の高い茶色のレンガ造りの建物だった。アパート正面のグレーの金属製のドアを開くと、木の床の玄関になっていた。その向こうにリビングルームがあって、端から端まで赤茶色のカーペットに覆われていた。映画のなかを除けば、カーペットなんて一度も見たことはなかった。ビルジュと両親は玄関を通ってリビングルームに歩いていった。僕はカーペットの端まで行って立ち止まった。細い真鍮(しんちゅう)の板でカーペットの縁は床に固定されていた。一歩足を踏み出した。まるで絵の上を歩いているみたいだった。なるべく体重がかからないようにして歩いた。

父は僕たちをバスルームに連れていって、トイレットペーパーとお湯を見せた。母が、人より良い教育を受けているとか、より上品に見られるとか、社会的な地位を気にかけていたのに対して、父のほうはただ裕福になることだけを考えていた。両親は二人とも貧しい環境のなかで成長したけれど、父の子供時代のほうがはるかに悲惨だったからだと思う。あるときから、僕の祖父、つまり父の父は、自分の手のひらからとげが生えてくると信じこんでしまった。カミソリでとげを削り取るので、細かくめくれた皮で手のひらはけば立った。この祖父の問題のせいで、何をしようが、どうせ人から見下されるだけだと感じながら父は成長した。その結果、自分の価値を人に認めさせるよりは、物を所有することに執着した。

バスルームは狭かった。バスタブと洗面台とトイレが壁に沿って一列に並んでいた。父はビルジュと僕のあいだから手を伸ばすと、栓をひねった。蛇口からお湯がざーっと流れ出した。僕たちの反応を見ようと父は一歩うしろに下がった。

僕はそれまで蛇口からお湯が出るのを見たことがなかった。インドにいた頃は、冬のあいだ、僕たちが体を洗えるよう、母は朝早く起きて水を入れた鍋をコンロにかけていた。お湯が出るのは当然で、しかもそれが永久に出続けるかのように、あふれ出るお湯を見て、つねに牛乳で満たされた水差しや決して食べ物がなくなることのない袋が出てくるお伽話のなかにいるような感じがした。

それからしばらくはアメリカの豊かさに目を丸くし続けることになった。テレビは朝から晩まで番組をやっていた。僕はそれまでエレベーターには乗ったことがなかった。ボタンを押してエレベーターが動き出したときには、意のままに操っているようで自分が全能になった気がした。ロビーのピカピカの郵便受けには、カラーのチラシが入っていた。インドであれば、カラー印刷の紙は新聞紙よりも高い値段でリサイクル業者に買い取ってもらえただろう。アパート正面のガラスの引き戸は、近づくとすーっと開いた。ドアが開くたびに、誰か偉い人と勘ちがいされている気がした。

建物の外には四車線の道路があった。たいてい車がたくさん走っていて、ほとんどの交差点には信号があった。インドで僕が唯一見たことがある信号は、インド門近くにあったものだ。両親が僕とビルジュをその付近にピクニックに連れていってくれたのだ。そのたびに信号を見に行った。人々はまだ信号に慣れていなかったので、すぐ下に白い制服を着て白いピスヘルメットをかぶった交通警察官が立って、手で方向を指示していた。

インドでは役立たずに見えたあの父が、僕たちをアメリカに連れてきて裕福にしてくれた。そのことは否定しがたかった。父はいまや謎めいて見えた。ちがう人に、父に似てはいるがまったくの別人になったかのようだった。

父はよく喋るようになっていた。いろんなことをよく知っており、話を無視することはできなかった。母とビルジュと僕は、ホットドッグは犬の肉から作られているのだと思い込んでいた。犬のどの部分が使われているのかと議論したあげく、しっぽにちがいないという結論に落ち着いた。帰宅した父はそれを聞くと笑い出した。

アメリカに来るまでは、ビルジュと僕のことに関しては母がすべてを決めていた。ところが、父もまた僕たちの教育に関して考えがあることがわかった。それは驚きであったし、知らない親戚に頬をつねられているみたいで鬱陶しくもあった。

父はビルジュと僕を図書館に連れていった。それまで図書館といえば僕は二つしか知らなかった。ひとつは本ではなく新聞を置いた図書館で、もっぱら求人の広告を探している人たちが使っていた。理髪店の隣にある、騒がしい小さな部屋だった。もうひとつは、寺院の二階にあって、お金を払わなければ入れなかった。本はあったけれど、ガラス戸のキャビネットに鍵をかけて収められていた。

クイーンズの図書館はその二つより大きかった。縦長の部屋がいくつかあり、金属製の書架がたくさん置かれていた。何千冊もの本があり、好きなだけ借りていいと図書館員から言われた。初めはその言葉が信じられなかった。

父はビルジュと僕に一冊読むごとに五十セントやろうと言ってきた。僕はびっくりした。お金でつるなんてインド的じゃないし間違っている。アメリカ人は子供に対していろいろ要求するのをいやがると母は言っていた。アメリカの親は子供のことなんかどうでもよくて、躾をするなんて面倒だと思ってるからよ、と。もし父が僕らに本を読ませたければ、読まないとぶつぞと脅せば済むことだ。一人でアメリカに暮らしていたあいだに、すっかりアメリカ的になってしまったのだろうか。インド人らしさはそっちのけで、裕福なアメリカ人になりきるあたりはいかにも父らしかった。

僕は絵本を十冊借りようとした。

「そんなしょうもない本でお金がもらえると思ってるのか？」と父は言った。ビルジュと僕が本を読むことに加えて、父が望んだのは、ビルジュがブロンクス理科高校という学校に進学することだった。父の同僚の息子がそこに合格していた。

母とビルジュと僕は、飛行機からもらえるものは全部持ちかえった。インド航空の赤い毛布、紙カバーのついた枕、イヤホン、ケチャップと塩胡椒の小袋、そしてエチケット袋。ビルジュと僕はリビングルームでマットレスの上に寝ていたけれど、擦り切れて破れるまで、その毛布を使った。そしてその頃には、僕たちは学校に通うようになっていた。

学校では、僕は教室のいちばんうしろの、ドアにいちばん近い列に座った。先生の言っていることが理解できないのはしょっちゅうだった。インドで英語は勉強していたけれど、先生はあまりに速く喋るし、僕の知らない単語を使った。不安のあまり先生の言葉がはっきりと聞き取れないこともあった。

こんなにたくさんの白人と一緒にいるのは奇妙な感じだった。みんな同じに見えた。休み時間に、男の子が一人近づいてきて質問されたとき、話しかけられているのが自分だと気づくまで時間がかかった。

ランチを食べるのは、高いネットフェンスで囲まれたアスファルトの校庭だった。あちらこちらに車輪付きのゴミ箱があった。僕はよくいじめられた。ときどき小さな子が近づいてきて、臭いと言われた。言い返そうものなら、いったいどこにいたのか、大きな子がいきなり現われるのだ。そいつは僕を殴り倒すと、僕の前に立ちはだかり、げんこつを突き出して言った。「やるのか？　え、やるのか？」

　ときには、男の子たちにぐるりと囲まれて、僕を倒しちゃいけないゲームでもするみたいに、前にうしろに突き飛ばされた。

　アスファルトの校庭の片隅に立って、僕はよく考えた。これは間違いなんだ。僕はいじめられるような子じゃない。クリケットはうまいし、ビー玉だってうまいんだから。

　ディーワーリー（ヒンドゥー教の新年のお祝い）の日に、学校に行くのは奇妙な感じだった。そんな日に、茶色のレンガ造りの建物の前に立ってドアが開くのを待っているなんて、不自然だし、つらかった。インドでは、お祝いのために何もかもが休みになった。僕たち子供は家で盛装した。とても着たままでは遊べないようなきれいな服だったけれど、午後になる前に僕たちはもうそのまま外で遊んでいた。それがいま、アメリカの歩道に立って、インドのことを、新年で家にいるみんなのことを考えている。僕は思った。アメリカでの暮らしに意味はない。アメリカ人がどれだけ裕福だろうが、テレビで漫画が見れるのがどれだけ素晴らしかろうが、インドでの暮らしにこそ意味があるんだ。

　ある日、ビルジュの友だちの一人から青い封筒のエアメールが届いた。その子は頭が良いわけでも、とくに人気があるわけでもなかった。僕はその手紙を読んだ。どうしてその男の子がインドにいて、僕がここにいるのか理解できなかった。

　学校では頭が混乱して何もかもがごっちゃに感じられた。学校は三階建てで、廊下は入り組み、階段は巨大な「蛇と梯子」のゲームのように階と階を結んでいた。白人がみんな同じに見えただけではなく、よく道がわからなくなって自分の教室にたどり着けなかった。授業が終わるころには、そこからだったら家への帰り道がわかるドアに通じる階段を見つけられないんじゃないかと不安になった。数か月もしないうちに、巨大な学校のなかで迷うのが怖くて、トイレに行きたくても教室から出られなくなった。教室を離れたら最後、廊下をさまよい、二度と戻れなくなるかもしれない。そしたら放課後も建物のなかに留まり、学校で一晩明かす羽目になってしまう。

クイーンズは、インド人たちにとってアメリカへの玄関口だった。インド系の商店はまだ細かく分かれていなかった。同じ店で「レッド・フォート」印の米とサリーが売られ、計算機と血圧計、そしてお土産品が売られていた。当時はクイーンズでさえインド人はさほどおらず、店で農産物を売っても商売にならなかった。状態の良いニガウリやパパイヤとか、とにかく生鮮品を手に入れるために、父はチャイナタウンまで出かけた。

インドでは、幸運が得られるようにと、母は食事のたびにロティを多目に作って、近所を歩き回っている牛たちに食べさせていた。アメリカでは、金曜日になると寺院に行った。週末を清らかな心で迎えられるようにね、と母は言った。僕たちの寺院は、東海岸にある数少ない寺院のうちのひとつで、つい最近まで教会だった。なかに入ると、大きな薄暗い部屋があり、壁沿いには神々の像が並び、インドの寺院と同じようなお香の匂いが漂っていた。けれどインドでは、寺院には花や人々の汗の匂い、神々の像を清めるのに使われる牛乳のすえた匂いも立ちこめていた。ここでは、お香の匂いを除けば、かすかにカビの臭いがするだけだった。匂いが単純すぎて、偽物の寺院にいるみたいな気がした。

ある夜、空から雪が降ってきた。本かテレビ番組のなかにいるみたいだった。

アメリカで最高だと思ったことが二つある。テレビと図書館だ。毎週土曜の夜、『ラブ・ボート』を見た。ワンピースの水着を着てハイヒールを履いた女性たちを見つめ、結婚した自分の姿を思い描いた。結婚したら、ものすごくシリアスな男になるつもりだった。僕の沈黙は、僕と妻とのあいだに誤解を生むことになるだろう。僕たちはケンカをする。そして仲直りしてキスをするのだ。キスするとき妻は青い水着を着ているだろう。

アメリカに来るまで、本当の意味で本を読んだことがなかった。初めのころは何を読んでも、しらじらしい嘘に感じられた。本には、少年が一人部屋に入ってきた、と書かれてある。でも少年も部屋もどこにも存在しないのだ。それでもたくさん読んでいるうちに、しばしば自分が本のなかにいるような気になった。ピノキオになって鯨に飲みこまれるところを想像した。挿絵に描かれているのと同じように、木箱の上で燃えるろうそくに照らされた鯨のなかに入っていたいと思った。本の世界に吸い込まれると、安心感を覚えた。学校にいるときや通りを歩いているときには、世界は果てしないものに感じられるのに、本を読んでいたり、『ラブ・ボート』を見ていると、世界はシンプルで理解可能なものになった。

ビルジュは僕よりもずっとアメリカが気に入っていた。インドでは人気がなかったけれど、ここではすぐに友だちができた。中学一年で、僕より英語が上手だった。そしてインドにいたときよりも親切になった。競争の激しいインドでは、子供に少しでも良い成績を取らせようと賄賂を贈る人たちが多かったせいで、ビルジュはいつもピリピリしていた。アメリカでは勉強ができれば、それが成績に直結した。

　ビルジュにできた友だちのなかに、トリニダード出身のインド人の男の子がいた。母とビルジュはよくその子の話をした。成績の良くない子だったので母としては仲よくしてもらいたくなかったのだ。母はその子のことを見下していたとも思う。インド出身ではないゆえに、身分が卑しいと見なされていたからだ。

「母さん、あいつってゴミ回収業者もエンジニアだって思ってるんだよ」やや憤慨気味にビルジュは言った。まるで友達の誤解に傷ついているみたいだった。「それはゴミ屋さんだって教えてやったんだ」

　母はコンロで米を炊いていた。僕の記憶では、母の横に立っていたビルジュは、茶と黄のボーダーのTシャツを着ていたせいでミツバチみたいに見えた。

「あなたには関係のないことよ。あなたがわざわざ教えてあげなくてもいいでしょ?」

「親が悪いんだよ。お父さんとお母さんは結婚していないし、両方とも大学を出てないんだからさ」

「その子を救う前にあなたが足を引っぱられるわよ」

　僕の学校はビルジュの学校に行く途中にあったので、毎日ビルジュと一緒に歩いた。ある朝、わっと僕は泣き出して、いじめにあっていることを話した。先生に言ったほうがいいと兄は言った。僕がそうしなかったので、兄は両親に話をした。父は学校までついて来た。僕は教室の前に立って、僕を突き飛ばしたり脅したりする子たちを指さす羽目になった。そのあと、いじめはぴたりと止んだ。ビルジュが両親に話したことに僕は腹を立てていた。兄の言った通りにしても何は飛行機の模型作りになった。キッチンテーブルに何日もずっとかじりついていた。口をあけ、片手にはピンセット、もう片方の手には虫眼鏡を持って。

インドでビルジュは切手を集めていた。切手の前に座って何時間も眺めていた。それがここで

も変わらないと思っていたからだ。ところがそうではなかった。そのことに僕は驚いた。

母は縫製工場で働くようになった。初めて仕事に行く日、母がジーンズをはいてリビングルームに入ってきた。それまで母が体にぴったりの服を着ているのを見たことがなかった。ビルジュと僕はマットレスの上に座っていた。「太腿がぶっといなあ」と笑いながらビルジュが言った。母が叫びはじめた。「うるさい、だまりなさい、うるさい」

ビルジュは笑い、僕も一緒に笑った。

インドでは、父に何を言われても、母がよしと決めるまでは僕らはそれをやろうとしなかった。アメリカでは、両親の意見がほとんど同じくらい重みを持つようになっていた。父は僕たちのためにいろんな計画を立てていた。そのほとんどは、僕たちをアメリカ人にしようとするものだった。僕たちは毎晩ニュースを見せられた。死ぬほど退屈だった。イランに人質がいようが、『帝国の逆襲』という映画があろうがどうでもよかった。父はテニスのラケットを買ってくると、僕たちをフラッシング・メドウズ・パークに連れていった。そこで僕たちはテニスボールを打たされた。テニスは金持ちのスポーツだと父は信じていたからだ。ビルジュも僕も白いヘッドバンドをつけていた。

父はインドにいたときと変わらず怒りっぽく、うたぐり深かったけれど、何が起ころうと文句

なく素晴らしいことをひとつやり遂げたというような自信にもあふれていた。「グリーンカードには百万ドルの値打ちがある」と父は僕たちに何度もくり返した。縫製工場で働くようになっていたけれど、母もインドにいたころとほとんど変わっていなかった。インドでは、僕とビルジュを映画やレストランに連れていくなど、熱心に新しいことを試みていた。それはアメリカでも同じだった。僕たちを連れて雑貨屋に入り、椰子の芯の缶詰とか、色あざやかなシリアルの箱を見せてくれた。教師を続けたかったけれど、いまの仕事で自分が落ちぶれたとは感じてないと母は言った。「仕事は仕事だもの」

僕とビルジュの関係は変わった。インドでは、僕たちとほぼ同じ時刻に母は帰宅していた。それがいまでは、母が帰宅するまでビルジュが僕の面倒をみることになった。弟のために冷凍コーンを温め、グラスにミルクを入れてやること。一緒に座って自分の宿題をしながら、弟に宿題をやらせること。アメリカに来るまで、ビルジュが年上だということをあまり意識していなかった。僕よりは大きいけれど、僕よりも大人だとは思っていなかった。ところが、ビルジュが僕よりも複雑なことをやっていることがようやくわかるようになった。

ビルジュと僕はひと夏のあいだ父の姉の家に預けられた。ヴァージニア州のアーリントンだ。伯母夫妻は、大きな通りに面した二階建ての小さな白い家に住んでいた。アーリントンでは家という家に庭がついていた。蒸し暑い大気は土と新緑の匂いがした。クイーンズとテレビ局のチャンネルがちがうことも異国情緒をかき立てた。そこで僕は九歳になった。

アーリントンで、ビルジュはブロンクス理科高校に入るための受験勉強を始めた。一日五時間は勉強する必要があった。僕が出かけても、ビルジュはリビングルームに残って、時間が来るまで勉強を続けた。

クイーンズに戻ると、ビルジュは週日は毎晩三時間、週末は朝から晩まで勉強しなければならなかった。毎日のように、キッチンの白い丸テーブルで兄が鉛筆をカリカリ走らせている音を聞きながら、僕はマットレスの上で眠りに落ちた。

ビルジュは四六時中、参考書と首っぴきだったけれど、まだまだ勉強が足りないと母は感じていた。よく二人は喧嘩した。両親の部屋のマットレスでビルジュがうたた寝しているところを母が見つけたことがあった。静かなところで勉強したいから、みんなの目があるキッチンテーブルではなくて、両親の部屋で勉強させてほしいと兄は言ったのだ。母が部屋に入ると、兄は横向きに丸くなって、すやすやと寝息を立てていた。

この嘘つき、と母は大声を上げはじめた。ビルジュは母の脇をすり抜けてキッチンに行くと、包丁を手に戻ってきた。母の前に立って、柄を握りしめた包丁の先端を自分の腹に突きつけながら、兄は言った。「僕を殺せよ、ほら、それが母さんの望みだろ」

「猿芝居はやめて勉強しなさい」と馬鹿にした口調で母は言った。

ビルジュと両親が感じているとおぼしき不安に僕も取りつかれることになった。天気がよくて、フラッシング・メドウズ・パークに出かけるときも、時間を無駄にしている気がした。真の人生は、ビルジュが勉強しているアパートで生きられているのだ。

ついに入試の日がやってきた。試験会場へ向かう地下鉄で、僕は座り、ビルジュは僕の前に立った。僕は膝の上に参考書を一冊載せて、兄の語彙力をチェックした。僕が訊いたほとんどの単語の意味が兄にはわからなかった。僕はうろたえた。ビルジュの顔色が見るからに悪くなっていった。両親に見つめられながら問いを発する僕の声はだんだん小さくなっていった。「卑劣漢(ラプスカリオン)」ってどんな意味、と僕は訊いた。玉ねぎの一種かなと兄は答えた。正解を言うと、兄はしきりにまばたきをし始めた。

「落ち着くんだ」と父が叱った。

「心配ないわ」と母は言った。「必要なときには思い出せるわよ」

試験会場はブロック造りの白い大きな建物で、学校というよりは立体駐車場に見えた。試験は午前中に始まり、試験のあいだ、両親と僕はバスケットボール場を囲むネットフェンス沿いを行ったり来たりしていた。どんより曇った、冷たく湿っぽい日だった。時おり霧雨が降った。歩道沿いに停めた車のなかで親たちは待っていた。そばを歩くと車の窓は白く曇っていた。

「こんなのは白人のための試験なんだ。俺たちが〈信徒席(ピュー)〉なんて言葉知ってるわけないだろ?」と父が言った。

「やめて、頭が痛くなるから」と母が言った。「これ以上心配させないで」

「数学と理科がうまく行って英語の分を挽回できるかもな」

胃がきりきり痛んだ。胸が苦しかった。早く試験日が来て、何もかも終わればいいのにと思っていたけれど、実際にその日が来てしまうと、もっと時間があればよかったのにと思った。

試験が半分終わって休憩時間になった。ビルジュが歩道に現われた。顔がげっそりしていた。僕たちは兄を取り囲むと、オレンジとアーモンドを食べさせた。オレンジは心を鎮め、アーモンドは脳に活力を与えるからだ。

母はビルジュのバックパックを背負っていた。「雨が降ってるから、今日は吉日よ」と母が言った。

「全力を尽くせばいいんだ」と父が言った。「なんにしたってもう遅すぎる」

ビルジュはくるりときびすを返すと、建物に戻っていった。

数週間が過ぎた。ビルジュが勉強していないなんて不思議だった。リビングの兄のマットレスのそばに参考書がないなんて変な感じがした。何かが失われ、何かが間違っている気がした。よく泣きながらビルジュは言った。「母さん、絶対落ちてるよ」

ひと月、そして二月が過ぎた。昼休みに冬物のコートを腰に巻きつけられるくらい暖かい日が、季節はずれの鳥たちのように思いがけず訪れるようになっていた。春が来た。デリーでは夕方になると噴水のスイッチが入れられ、見物の人だかりができているだろう。

結果が届いた。ビルジュからくり返し聞いていたので、合格の場合は分厚い封筒だと知っていた。兄が見せてくれた白い封筒は薄かった。兄の頬は涙で濡れていた。

「たぶん受かってるよ」励まそうと僕は小声で言った。

「どうしてそう思うんだよ?」とビルジュが訊いた。まるで兄の知らないことを僕が知っているかのように、僕をまじまじと見つめた。

母は仕事でいなかった。寺院に行って開けるから、帰るまで開封しないようにと言われていた。まったく意味不明だった。封筒の中身が変わるはずがなかった。

母に続いて父が帰宅した。父が戻るとすぐに、寺院に行こうとビルジュが言った。

大きな部屋に入ると、母はシヴァ神の前に置かれた木箱に一ドルを入れた。それから僕たちは他の神像をひとつひとつおがんで回った。普段だったらそれぞれの神の前で手を合わせて頭を下げるだけだった。でもそのときは膝までついて、しっかりと祈りを捧げた。すべての神に祈りを捧げると、ラーマ神一家の前にひざまずいた。ビルジュは両親に挟まれていた。

「母さんが開けてよ」

母が封筒の端を引き裂いてさっと振ると、紙が一枚すべり出た。最初の段落に結果が書かれていた。合格！

「ほらね、だからお寺で開封しなくちゃいけないって言ったのよ」と母が言った。

僕たちは跳び上がって抱きあった。

ビルジュを両腕で抱きしめながら、兄の肩越しに僕を見つめて母が言った。「明日からはあなたの準備を始めましょうね」

脅しのように聞こえた。

僕たちはよそのうちでのランチやディナー、午後のお茶に呼ばれるようになった。そうした家の子供たちにビルジュを紹介するためだった。当時は、若い移民たちが多く、インドからアメリカへの移住も始まったばかりだったので、お手本になるようなインド人は数えるほどしかいなかったのだ。

僕たちは地下鉄に乗ってクイーンズ中、ブロンクス中を回った。マンハッタンに行くことさえあった。それもほぼ毎週末出かけた。母はよその家のリビングルームに静かに座って、ビルジュが話すのを誇らしげに見つめていた。

ある日、よその家にお呼ばれし、さあアパートを出ようかという段になって、ビルジュが言った。「行かなくちゃいけないの?」

「あのうちには娘さんが一人いて、あなたと結婚させたいのよ」そう言って母は笑った。

「大切なのはひとつだけだ」と父は言って、親指と人差し指の先をこすり合わせた。「持参金さ」

「僕を巻きこまないでよ」とビルジュは言った。

父はビルジュをつかむと、頬にキスをした。「ひよこちゃん、卵を生んでくれよ。一個でいいからな」

「そんな言い方はやめて」と母が言った。「わたしたちはベジタリアンなのよ。言うんだったら、せめて『清らかなかわいい山羊さん、ミルクをちょうだい』でしょ」

高校に合格したプライドからビルジュは変わった。歩き方まで尊大になり、部屋に入ってくるときは、ふんぞり返っているように見えた。話をしていると、まるで目の前にどうしようもない馬鹿がいると言わんばかりの目で僕を見た。そんなまなざしを向けられ、つい「息がくさいよ」と口走ったこともあった。受験勉強している兄がかわいそうだと思ったのが馬鹿みたいだった。

母を見ていると、兄の言うことはどんなことでも気が利いていると信じこんでいるみたいだった。ある日の午後、兄はキッチンテーブルの椅子に座り、椅子の二本の脚だけを床につけ、細い片手をうしろの壁に伸ばしてバランスを取りながら、母に言った。「料金所で働けばいいんだよ」

「どうして?」コンロで冷凍コーンを温めていた母が訊いた。

「料金所だったら、上半身しか見られないじゃん」

お役所関係の仕事を探しているという話を母はしていたのだ。でも制服は着たくなかった。お尻が大きくてみっともないからだ。

母は笑いながら僕のほうを向いた。「お兄ちゃんは天才ね」

それは僕が言いたかったと思った。

両親は僕よりも兄を愛しているのではないか。そんな思いに駆られることもあったが、そんなことはないはずだった。両親は僕に対してよりもはるかに兄に対してガミガミ言っていた。本当は僕のほうが好きにちがいなかった。

ビルジュにガールフレンドができた。韓国系の少女だった。クリーム色がかった白い肌をして左の頬にほくろがひとつあった。うちの両親が仕事で留守のときにやって来た。ビルジュに彼女がいるなんて気に入らなかった。心のどこかで、ちがう人種とつきあうなんて不自然だし、気持ち悪いと思っていた。おまけに彼女が来て、二人して両親の部屋に入っていき、ドアが閉められるときに僕にはわかった。いつかビルジュは家族を捨て、僕たちとはいっさい関わりあいのない人生を送るだろうということが。そしてブロンクス理科高校に入学することになった兄は、わが家でいちばん値うちのある人間だったから、なおさら腹が立った。

ナンシーが来ていると、僕は時おり落ち着かない気分になった。両親の部屋のドアをノックし、ビルジュが顔を出すと、ミルクをちょうだいと言った。

ナンシーが帰ると、ビルジュはふふふんと鼻歌を歌いながら浮かれた様子で家中を歩きまわり、決まって歌い出すのだった。あるとき、ドアの向こうでナンシーと何をしているのか尋ねた。

「おまえのようなねんねはそんなこと知らなくていいんだよ」と兄は言った。

その夏もアーリントンに行った。アメリカでほぼ二年暮らし、僕はぽっちゃり太っていた。おなかの肉をつかんでぎゅっと絞れるくらいだった。ビルジュは背が高くてやせていた。一七〇センチ弱あって、両親よりも背が高かった。うっすらと口ひげが生え、もみ上げの毛はくるくる巻いていた。

そのときも僕は伯母のソファに座って、テレビを見ていた。やっぱり午後のテレビ番組はクイーンズのものとちがっていて、家から遠いところにいるんだなあと感じられた。そのときも僕はアーリントンの家々の周囲に広がる芝生を眺めていた。ああいう家で暮らす人たちは、テレビに出てくる人たちみたいに、クイーンズのわが家やご近所さんたちよりも裕福で幸せなんだろうなあと思った。

ほぼ毎日、ビルジュは近所のマンションのプールに行った。八月のある日の午後、ソファに寝ころがって『ギリガン君SOS』を見ていたら、電話が鳴った。窓のシェードは下ろされ、部屋は薄暗かった。電話を切った伯母がドアロに来て言った。「ビルジュが事故にあったのよ」伯母が何を言っているのかよくわからなかった。「起きなさい」伯母は手を伸ばして僕を立たせようとした。僕はいやだった。『ギリガン君SOS』の前半が終わったところだった。ビルジュが泳ぎに行ったプールから僕たちが戻ってくるころには番組は終わっているだろう。

外は明るく暑かった。歩道を歩いていると、びゅんびゅん車が通り過ぎていった。熱い風が吹いていた。まぶしくてうつむいていたけれど、光で頭がくらくらした。

プールのあるマンションは茶色の高い建物で、正面はレンガ積みの壁を模した化粧しっくいで覆われていた。プールは側面にあってワイヤーフェンスで囲まれていた。横にそびえる建物はまるでプールを見下しているみたいだった。プールのとなりに小さな駐車場があった。そこに救急車が一台停まり、そのうしろに白人たちが集まっていた。

人だかりに近づいた。白人たちがたくさんいるので不安になった。面倒なことを起こしやがってと僕たちに腹を立てているかもしれない。ビルジュが何をしたのであれ、そんなことをすべきではなかったのだ。

「待ってなさい」と言うと、伯母は前のほうに行った。片方の股関節に炎症があったので、足を引きずりながら、人ごみをかき分けていった。

僕は人だかりの端っこに立っていた。ひとりきりにされて、さらに困惑は深まった。何が起きているのかわからなかった。一分が過ぎ、二分が過ぎた。

伯母が人ごみのなかから戻ってきた。ひょこひょこ早足で歩いていた。

「家に帰りなさい」と伯母は言った。「わたしは病院に行かなくちゃいけないから」

僕は来た道を引き返した。うつむいて歩道を歩いた。苛立っていた。ビルジュはブロンクス理科高校に合格した。それが今度は病院に入ることになる。母は兄をかわいそうに思って、プレゼントをあげるに決まっている。

歩きながら考えた。ビルジュは釘でも踏んづけたのだろうか。もしかして死んじゃったとか。そう思うとゾクゾクした。もし兄が死んだとしたら、僕はひとりっ子になってしまう。

太陽がひどく重苦しく感じられた。ビルジュが病院に運ばれたのだから、僕はたぶん泣くべきなのだろう。

一人で家にいる自分の姿を思い浮かべた。ビルジュはこれから入院することになるのに、僕は普段と変わりばえのしない一日を過ごしただけ。来年、ビルジュはブロンクス理科高校に通えるのに、僕はいまの学校に通わなくてはいけない。そんなことを考えていると、ようやく涙が出た。

予想していた通り、『ギリガン君ＳＯＳ』は終わっていた。

僕はふたたびソファに寝転がると、ニュースの始まる五時までテレビを見た。それから本を一冊選ぶと、おなかの上で広げた。しばらく読んでいたけれど、伯母が帰ってきていないのは気づいていた。なんかすごいことが起きている。でもその冒険に僕は参加することができないのだ。

六時になった。普段はその時間帯になると、伯母はキッチンにいて棚からあれこれ取り出していた。キッチンの静けさが不気味だった。ソファから起き上がると、裏口から外に出て、ウッドデッキに立った。伯父の庭があり、埃っぽいトマトの苗木やつやのある緑の実をつけたトウガラシの苗木が植えられていた。

キッチンに戻った。あまりに静かだった。何もないカウンターがひどく目についた。突然、みんなから忘れられている気がした。誰も僕のことなんか気にかけていないのだ。

八時ごろ伯父が戻った。暗色のズボンと半袖シャツを着て、頭に残ったわずかな白髪は三角の形をしていた。伯父はシンクのそばに立ってグラスに入れた水を飲んだ。靴を履いたままだった。伯父がキッチンで靴を脱がないなんてめったにないことなので、本物のキッチンではなく、家具屋のショールームにいるみたいな気がした。

「何があったの?」と僕は訊いた。

伯父はとんとんと僕の頭を叩いた。「わからないんだよ」

十時半ごろ、伯父の車に乗せられてバスターミナルに向かった。母をそこで拾うことになっていたのだ。母がやって来るのだから、ひどく深刻なことが起こったようだった。息を吸いこむと、自分の胸が感じられた。

バスターミナルは広々とした天井の高い部屋で、頭上では扇風機が回っていた。空気は重く暖かく、ガソリンと塩からそうなフライドポテトの匂いがした。定期的に男の大きな声でバスの発着がアナウンスされていた。僕は木の肘掛けで仕切られたベンチに座っていた。いくつも並んだ自動ドアが、ピンボールのフリッパーみたいに閉じたり開いたりしていた。

そのうちのひとつからようやく母が現われた。髪は乱れ、不安で顔がこわばっていた。黄色いサリーを着て、黒いダッフルバッグを抱えていた。

母の姿を見たとたん、泣いていないのを見咎められやしないかと心配になった。母のそばに行った。母は視線を落としたが、僕が誰だかわかっていないみたいだった。「心配しないで」と僕は言った。「もう泣いたからね」

病室は明るく白く、騒がしかった。機械がブンブン唸り、何かがビーッと鳴っていた。発電機を思わせる大きなモーター音が聞こえていた。

ビルジュは柵で囲まれたベッドに横たわっていた。柵がついているせいでベビーベッドみたいに見えた。ベッドの周囲には車輪つきのスタンドが何本も立っていた。点滴のバッグがぶら下げられ、機器が締め金で取り付けられていた。そこから何本ものコードとチューブがビルジュまで伸びていた。たくさんの洗濯紐に絡めとられているみたいだった。

母はドア口で立ち止まると、声を上げて泣き出した。僕は母の横に立って、ダッフルバッグを胸に抱えていた。こんな面倒を起こしたビルジュに腹が立った。

ビルジュは口と鼻をプラスチックのマスクで覆われていた。戦闘機のパイロットみたいだった。パニックに襲われたかのように目は大きく見開かれていた。見えない何かを凝視しているみたいだった。そしてその何かが胸を圧迫していた。

マスクからガスでも送り込まれていて、それで兄は動かないのだろうか。マスクを外してみたらどうなるだろう。ビルジュは咳きこみ、話し始めるだろう。どうしてもっと早くマスクを外してくれなかったんだよ。おまえにだってそのくらいわかるだろ。そう文句を言うだろう。

ビルジュはプールに飛び込んだ。プールの底のセメントで頭を打ち、沈んだまま三分間気を失った。喉に流れ込んだ水は、息をしようとして肺まで吸いこまれた。胸の内側から肺が剝離した。

家に戻ると、伯父はビルジュと僕が使っていた部屋に大きな段ボール箱をひとつ運び入れ、壁沿いに置いた。その箱を伯母と母は白いシーツで覆った。壁にさまざまな神の絵葉書を貼りつけて、祭壇を見下ろすようにした。祭壇の上にはスプーンを置き、そこに澄ましバターを入れて灯心を浸した。パン生地を置いて、線香を何本か差した。そのいっさいが素早く静かに行なわれた。話をするときには、囁き声になっていた。

天井灯は消され、スプーンの炎とそこから立ち昇る煙が壁の上にゆらゆらと揺れる影を投げかけていた。窓のすぐそばに敷いたマットレスに僕は寝た。伯母と母は祭壇の前でうつ伏せになっていた。二人は祈りの歌を捧げていた。「あなたは耳の不自由な人に歌を歌わせることができる。あなたは足の不自由な人に山を飛び越えさせることができる」その歌のせいで眠れなかった。たしかに、こういうときにこそ祈らなくちゃいけないのだろう。でも僕にはビルジュがよくなるのはわかっていた――だったらみんな少しは眠ったほうがよいのではないか?

四時ごろ、天井の電気がついた。初め、すべてが夢だったんだと思った。

しかし祭壇の前には母が立っており、部屋にはお香の匂いが強く立ちこめていた。母は両手を合わせていた。青いシルクのサリーを着て、金のネックレスをつけていた。これから結婚式にでも行こうとしているみたいだった。部屋に伯母が入ってきた。伯母も何か特別なときのような格好をしていた。母と一緒になって祈りを捧げた。

それから少しして、病院に行くために僕たちは車寄せに立っていた。まだ暗かった。星空を見上げた。何千もの星々があった。明るく輝くもの、ほの暗く輝くもの。突然、僕にはわかった――いま起こっていることは何かの間違いであり、僕たちはほかの誰かの人生を与えられてしまったのだ。

病院に着くと、ビルジュのベッドは空だった。手術室に運ばれたのだ。僕たち四人はベッドのそばに座って、祈りを唱えた。


それから何日も、そして何週間も、僕はほとんどの時間をビルジュのそばに座り、兄に向かって『ラーマーヤナ』を朗唱して過ごした。サフラン色の布に包まれた大きなハードカバーの本だった。祈りの際に使われるバターの脂染みがついているページもあった。その染み越しに、次のページの文字が透けて見えた。長年のあいだ祭壇のそばに置かれていたために、開くとふわっとお香の匂いが漂った。

僕はそれまでこんなふうに、来る日も来る日も長時間にわたって、喉がヒリヒリして舌と歯茎が痛くなるまで祈ったことはなかった。そのときまで神を信じていなかった。それがいつの間にか、何かを得られるのでもなければ、人は寺を建てたり巡礼に行ったりはしないだろうと考えるようになっていた。神はいるにちがいない。そう信じるようになっていた。でも神は大統領みたいなもので、遠いところにいて忙しく、些事にはかまっていられないのだ。

時が過ぎた。ある日の午後、母がビルジュの爪を切っていた。恐る恐るやっているように見えた。ぎゅっと閉じてしまわないように、兄の手を無理やり開かなければならなかった。「大丈夫？」と母は兄に訊いた。夢でも見ているみたいだった。

ビルジュの酸素マスクは外されていた。車輪付きスタンドもあらかた片付けられていた。兄は目を開いていた。もの思いにふけっているように見える点を除けば、普段と変わらなかった。何も見えていませんと医者は言った。酸素が欠乏して角膜が壊されてしまったのです。その言葉を信じれば兄を裏切る気がした。兄にはもう悪いところはなく、あとはよくなるだけ。そう信じるべきではないか。話を聞きながら、医者に対して僕は怒るべきなんだと感じた。神様はなんだってできるんだと言ってやるべきなのだ。でも怒りは感じなかった。かわいそうなビルジュに対する憐れみしかなかった。兄の頬にキスしたかった。兄ちゃんはきれいだね、僕たちがずっと面倒をみるからね。そう兄に言ってやりたかった。

ビルジュはうめき、あくびをし、咳をした。でも目を開けたまま夢を見ているように見えた。物事に反応はした。大きな音がすると、音の方向に顔を向けた。それから頭を元の位置に戻し、動かなくなった。しばしば唇をぴちゃぴちゃ鳴らし、ペッとつばを吐いた。時おり発作を起こした。口がぎゅっと閉じられ、歯をギシギシ食いしばった。体は硬直し、腰はベッドから浮き上がり、ベッドがガタガタ震え出した。それを目にすると本当に怖くなった。僕はベッドのそばに立ちつくし、柵越しに兄を見つめながら途方に暮れた。

事故が起きたのは八月の初めだった。九月になって学校が始まった。僕はアーリントンの学校に通い出した。学校は伯父伯母の家から一キロちょっとのところにあった。

僕は家でも病院でも泣かなかった。両親にこれ以上心配事を増やさせたくなかったからだ。でも学校に行く途中はちがった。些細なことで僕は泣いた。本を入れたバッグがずっしりと重く感じられるだけで泣き出した。ときどきビルジュのことが頭をよぎった。母はブロンクス理科高校に手紙を書き、一年間の入学延期を認められていた。すすり泣きながら、自分がこんなにも兄を愛していることに驚いた。兄が自分にとってこんなに大切な存在だったなんて。

学校でも僕は泣いた。泣きそうだと感じると、下を向いて息を止め、ほかのこと――テレビ番組や本のこと――を考えようと努めた。でもいつもうまく行くわけではなかった。すると先生は、授業の邪魔にならないよう僕を校庭に行かせるのだった。

校庭には小さな子供用のブランコが一組とすべり台がひとつあった。あとは、ネットフェンスに囲まれた草だらけのグラウンドがあるだけだった。外に出されて恥ずかしかった。子供っぽい振る舞いをして馬鹿みたいだった。フェンスのそばを歩きながら、息ができなくなるくらい激しく泣きじゃくるのもしばしばだった。そんなとき、僕は自分から脱け出した。僕は歩きながら喘いでいる。と同時に、僕自身の不幸が僕のそばを歩きながら、僕のなかに戻れるよう、呼吸が静まるのを待っているのがわかった。

何よりも大切なのは、神に訴えかけることだった。毎朝、母と僕は祭壇に祈った。僕にとって祭壇はマイクみたいなものだった――その前で言ったことはどんなことでも直接神に届くのだ。祈るとき、カーペットの上に指を走らせながら、オーム（ॐ）、十字架、ダビデの星（✡）を描いた。その下に、逆さまの三角形のなかに入ったSを描いた。スーパーマンだ。助けてくれそうな人は誰であれ、機嫌を取っておくべきだと思ったのだ。

ある日の朝、祭壇に祈りを捧げていると、母が近づいてきた。「何を祈ってるの？」と母が訊いた。母は帽子をかぶっていた。グレーの厚いニット帽で、もともとは伯父のものだった。毛の向きと逆に描かれたカーペットの上の模様は、くっきり浮かび上がっていた。それを見るふりをして、僕はSの字を手で隠した。十字架やダビデの星なら気にしないだろうけれど、スーパーヒーローに祈っているのを見たら、母は怒るにちがいなかった。ついいらいらして、僕は本当のことを口走った。「数学のテストで百点が取れますようにって」

母はしばらく無言だった。「『おまえは数学の試験で合格するが、ビルジュが病気から治るのにはもう少し時間がかかる』って神様から言われたとしたらどうするの？」

僕は祭壇を見つめた。絵葉書の上でカーリー・マーが舌を突き出し、何本もの剣とあいくちを揺らしながら踊っていた。母が怒りたがっているのはわかった。泣き言を言いたいのもわかった。病院のベッドに寝ているビルジュのことを思った。兄は身だしなみにすごく気を遣っていた。腰のところでピンと張るようにシャツをタックインしていたし、靴紐の輪っかがトンボの羽みたいに左右同じ大きさになるよう何度も結びなおしていた。それがいまでは、尿道カテーテルのせいでペニスが赤くかぶれてしまっていた。それを思えば、祭壇の前で母が泣き言を言ってもなんの問題もない気がした。むしろ神様は耳を傾け、憐れんでくれるはずだ。

「クスムおばちゃんの話をもう一度してくれる？」

「いいわよ。わたしが高一のときに、おばちゃんが病気になったのね。わたしは寺院のまわりを七周してから言ったの。『神様、わたしは落第してもいいのでクスムの病気を治してください』」

「もし僕が数学の試験に失敗して同じことを言ったら、母さんは『他人にかまってる場合じゃないでしょ』って言って僕をひっぱたくよね？」

母は祭壇のほうを向いた。「どうしてこんな子たちばかりくださったんですか？　一人は溺れて死にかけ、一人はこんな馬鹿なんですよ」

神様に僕のけなげさが伝わるよう、思いつめた表情を作って祭壇を見つめた。「神様が僕を良い子にしてくださるようにきょうは断食します」

「だめよ」と母が言った。「成長期なんだから。わたしが断食するわ。ご加護も得られてダイエットにもなるから」


毎朝、僕は祈った。夜、どうしても眠れないときには神様と話をした。ある雨の日の夜のこと。通りからの光で部屋は薄暗く、そばでは母が寝息を立てて眠っていた。僕はマットレスの上から神様に訊いた。必要なときだけ祈りを捧げられるのっていやじゃないんですか。「何かにけつまずいたときしか、つま先のことは考えないものだよ」と神様は答えた。

「それでも、祈りは純粋なほうがいいですよね」

「人間はそんなもんだよ。気にしないね」神様はクラーク・ケントに似ていた。グレーのカーディガンとスラックスを着て、マットレスのすぐそばにあぐらをかいていた。事故の直後、僕が話しかけ始めたころは、クリシュナに似ていた。でも、全身が青色で頭にクジャクの羽飾りをつけてフルートを構えている者と、脳の損傷について話し合うなんて馬鹿げている気がしたのだ。

「僕が木にさわっているからって怒ってないですよね？」

「まったく。私はこだわりのないほうでね」

学校に行く途中にオークの木が一本生えていた。大きな木で半分くらい歩道からはみ出していた。とても古そうだったので、この木は世界に事物がまだ少なかったころから神様のことを知っているかもしれないと思ったのだ。その横を通るとき、僕は木に触れると、ちょうど祖父の足に触れるときと同じように、その手を額に持っていった。

「あなたを崇めています。木にさわるのは年上の人たちに敬意を示すためなんです」

神様は笑った。「あまり形式は気にしないんだ」

僕は黙った。僕がビルジュの事故によって特別な存在になったのは間違いなかった。どんなヒーローも初めはみんな不幸だった。クリシュナ神もスーパーマンも生まれてすぐに両親と離ればなれになっている。バットマンも孤児ではないか。ラーマ神は十四年ものあいだ森で過ごさなければならず、そののちに数々の偉業を成し遂げたのだ。自分の話をしてもよさそうだと思えるまで僕は待った。

「僕はどんなふうに有名になるんですか？」とついに僕は尋ねた。

「未来のことは言えないな」と神様は言った。

「どうしてですか？」

「何か言ったとしても、気が変わるかもしれないしね」

「でも、何かが起きると言ったあとで、いや、そうじゃなかったって言いにくいですよね」

神様はふたたび笑った。「きみは名声が煩わしくなるほど有名になるよ」

僕はため息をつくと、マットの上で身じろぎした。

「ビルジュの事故が無駄になるのはいやなんです」そう言うと、自分が誇らしく感じられた。

「あの子は忘れられはしないよ」

「でも僕はただ有名になるだけじゃ駄目なんです。お金もいるし。母さんと父さんの面倒もみないといけないから」

「まずは指からつかみ、それから手首をつかむものだよ」

「僕は現実的なだけなんです」

「心配はいらない。きみには想像もつかないような人生が待ち受けているよ」

この最後の言葉は嬉しかった。


神様が凡人よりも善人を救うのは明らかだった。だからこそケチのつけようのない生き方をしなければならない。ところが、僕の両親はそうしようとはしなかった。

父は相変わらず奇妙だった。事故の直後、初めてビルジュのところに来たときのことだ。父は病院のベッドのそばに立っていた。顔はむくみ暗かった。声を絞り出すようにして言った。「おまえが悪いんじゃないか。全部自分のせいじゃないか。プールに何があったんだ？　ほかの誰よりも早く飛び込まなきゃいけないようなものがあったのか？　金か？　財宝か？」

それ以降も、父は困惑させられるようなことばかり言い続けた。ビルジュがプールに飛び込んだのは漫画を読みすぎたせいで、飛び込めば超人的な力が得られると思い込んだからだなどと言い出す始末だった。

「黙ってちょうだい」と母は言い返した。

しかし、母の振る舞いも感心できるものではなかった。黙っておけば済むところで喧嘩をふっかけた。

毎週金曜の夜になると父はグレイハウンド・バスでやって来て、日曜の晩にニューヨークに戻った。毎週末、両親は喧嘩した。

十月のある土曜日の午後、看護助手——白い服を着た恰幅のよい黒人女性——が、カテーテルを取り替えるためにビルジュの部屋に来た。彼女が出て行くとき、父はドア口までついて行き、「ありがとう」と言った。

父が戻ってくると、母はにらみつけた。「『ありがとう、ありがとう』なんて言わないで。『あなたは本当にいい人だ、本当に親切だ』なんて言わないでちょうだい。そんなこと言ってたら、なめられるわよ」しばらくして僕たちは病院からビルジュの退院を勧告された。容態も安定したので介護施設に入れるべきだというのだ。問題は保険会社が介護施設の費用は払わないと言っていることだった。そのせいで、僕たちを出て行かせようとする病院側と数週間にわたって、母は金切り声を上げながら闘いをくり広げることになった。

「おまえの考え方はそうだ」と父は激怒して言った。「みんなが敵なんだ。俺はほほえむだけで罪人扱いだ」図星をつかれて動揺した父は、自分の誤りをごまかそうとしていた。

「わたしが闘おうとしなかったら」と母は叫んだ。「大声を上げようとしなかったら、ビルジュは外に放り出されてしまうわよ。はい、退院の日になりました、これが請求書です、さあこちらからお帰りください——そう言われるのが関の山よ。それでもビルジュが追い出されていないのはどうして？　怖いからよ。頭のおかしな奴と喧嘩したくないからよ」

「そうだ、おまえはイカれてるよ。ずっとそう言ってきただろ」

「だったらあなたは臆病者ね。面倒なことはやりたがらない。ゴマをすって愛想を振りまいてたら、医者とか看護師がビルジュに必要なことを全部やってくれるって思ってる。やってなんかくれないわよ。あの人たちは当たり前のことしかしない。面倒なことはしてくれない。面倒なことをやってもらうには闘わないといけないのよ。あの医者や看護師の連中はただこっちに黙っていてほしいだけ。こっちがトラブルを起こさない限り、何が起ころうが知ったこっちゃないのよ」

両親は喧嘩ばかり。そして僕は怠惰になっていった。放課後は病院に行ったけれど、もうビルジュのベッドのそばに座って祈りを朗唱したいとは思わなかった。祈りを唱えるのは退屈だった。病室に着くと、宿題があるんだと母に言って、ホールにあるキッズルームに行くようになっていった。

キッズルームの壁は青く、漫画の並んだ黄色の本棚があった。黄色のビーンバッグチェアと大きなテレビがあった。僕はテレビの前のビーンバッグチェアに座り、本を膝の上に載せてテレビを見ながら読むのが好きだった。コマーシャルが始まると、本に目を落として続きを読んだ。お気に入りは、ヒーローが若者、できれば二十五歳より若く、物語が進んでいくうちに自分の持つ不思議な力に気づいていくような本だった。『星々の謎』、『真世界アンバー』、『ゲド戦記』を何度も読んだ。二回目は初読のときよりも楽しめた。再読のときにはすべてが然るべき場所にあるからだ。あまりに長いこと本を読み、テレビを見ていたので、目を閉じるとチカチカと星が飛んだ。

空想にふけっているとうしろめたさを感じた。本当に美しい秋の日には、こんな素敵な日はもう二度とめぐり会えないんだろうなと思ったりした。そんなことを考えながら、僕はまた読書やテレビに戻るのだった。

キッズルームにいたある晩のこと、『エンターテインメント・トゥナイト』でロックスターのインタビューを見た。袖なしの下着を着て、腕と肩をタトゥーで覆われたミュージシャンは、インタビュアーを無視するとカメラに向かって叫び始めた。「俺を見るんじゃねえ！　自分の人生を生きろ！　俺はおまえじゃねえ」僕は突然強い衝動に駆られた。キッズルームから飛び出すと、ホールを抜け、病院から出た。正面玄関の外に僕は立っていた。

外には出たものの、何をしたらいいのかわからなかった。外は寒くて暗く、空には巨大な月が浮かんでいた。駐車場を離れる車が一台また一台と道路の端に停まった。往来が途切れるのを待っているのだ。ブレーキランプの明かりを僕は見つめていた。

「だんだん悪くなっていくんですか？」と僕は神様に尋ねた。十一月が始まったところだった。間もなく感謝祭だ。そしてクリスマスとなり、その後、新年がやって来る。その一年のあいだビルジュが歩いたり話したりする日は一日としてないだろう。

「きみはどう思う？」

「そうなりそうだなって」

「少なくともビルジュは病院から追い出されなかった」

「少なくともビルジュは死んでいないし、少なくとも父さんのバスは橋から落っこちてない」

神様は黙っていた。

「恥ずかしいんです」と僕は言った。

「何がだね？」

「事故のあと、これでひとりっ子になれるかもって嬉しかったんです」

「誰もが奇妙な考えにとらわれるものだよ」と神様は言った。「どんな考えが浮かぼうが気にしなくていい」

「校庭を歩いているときに、あなたにビルジュの代わりになってやりたいかと訊かれましたよね。あのとき僕は『いやだ』って思ったんです」

「それもごく普通のことだよ」

「どうしてビルジュを元通りにしてくれないんですか？」

この質問をしたとたん、神様がリアルに感じられなくなった。そこには僕しかいなかった。僕は毛布の下で横になって暗闇を見つめていた。

「キリストは私の息子だった。私はヨブを愛していた。ラーマは何年間、森で暮らさなければならなかったのかな？」

「それが僕とどんな関係があるんですか」普段であれば、そろそろ僕の輝かしい未来について話し合うころだった。でも、将来もビルジュが病気のままだと思うと、有名になっても意味がない気がした。

「どうしてそうなるかは言えないんだが、きみは自分を誇りに思うことになるよ」

僕は何も言わなかった。神様と僕はしばらくのあいだ黙っていた。

「あなたにとって三分間なんて大したことじゃないでしょ？」と僕は訊いた。「ビルジュがプールの底に沈んでいた三分間をなかったことにしてくれるだけでいいんです」

「もっと短い時間で大統領たちは死ぬし、もっと短い時間で飛行機は墜落するんだよ」

僕は目を開けた。母は横向きになって毛布を首まで引き上げていた。表情がゆるみ、口は開いていた。どこにでもいそうな女性に見えた。その姿からはとても想像できないだろう——この人は毎日朝から晩まで病院にいて、ベッドの息子のそばに一日中座っているのだ。そして息子のほうは、ブロンクス理科高校に通うはずだったのに、脳にひどい損傷を受けたせいで歩くことや話すことはおろか、寝返りを打つことすらできず、わき腹に差されたゴムのチューブを通してしか栄養が取れないのだ。


そして僕には状況がだんだん悪くなっていくのがわかった。両親が喧嘩するときの怒りはすさまじく、まるでたがいに憎みあっているみたいだった。

すべての木々が葉を落とし、世界が炎で焼きつくされたかのように見えた、ある秋の日のことだった。ビルジュの病室で両親はひどい口論となり、母は父に向かって、僕を連れて家に帰れと言った。父は僕を車に乗せた。伯母の家に帰るには、周囲に人があまり住んでいない二車線の道路を通らなければならなかった。道沿いにはみすぼらしい木々が並び、そのあいだから沈みゆく薄ぼんやりとした太陽が僕たちを追いかけてくるのが見えた。

途中の道沿いに、砂利を敷いた駐車場のある小さなバーがあった。昔は住宅だったのかもしれない。ビールの泡が盛り上がるジョッキを掲げたオレンジ色の片手を模したネオンの看板がついていた。通り過ぎるのかと思いきや、父は駐車場に車を入れた。不思議だった。それまで僕は酒を飲む人に会ったことがなかった。酒を飲むのは、イスラム教徒とか詩人、あるいは金持ちか堕落した人だとずっと思っていた。
その小さな家の木製の上がり段に向かって車を寄せていくとき、タイヤがバリバリと音を立てた。

「ちょっといいか」と父は言うと、前かがみになって僕の側のドアを開けた。

バーの内側は暗く、タバコの煙の匂いとむっと甘ったるい匂いがした。床は伯母の家のキッチンのようにリノリウム張りだった。テレビではバスケットボール中継をやっていた。

父は半袖のスウェットシャツを着た大男のバーテンダーに話しかけた。「半額になってるやつはありますか」

「ありますよ」

「じゃあ、いちばん安いウィスキーをダブルで」

父は僕を抱えてスツールに座らせた。見回すと、テーブル席にショートパンツ姿のでっぷり太った老人がいた。上は下着だけで、腹が小さな子供のように腿の上にのっかっていた。靴下は履かずに直接スニーカーを履いていた。足首のまわりの肌はいたんだバナナのように黒ずんでいた。

バーテンダーは飲み物を持って戻ってきた。父はそれを一息で飲み干した。初めて父をかっこいいと思った。ギャングかカウボーイみたいだった。父はもう一杯注文した。アナウンサーの声が大きくなり、僕たちはテレビを見た。いままでバスケットボールの試合を初めから終わりまでみたことがあるかと父が訊いてきた。

「ハーレム・グローブトロッターズ（コメディ的要素の強いバスケットボールのエキシビションチーム）なら見たことがあるよ」

「他のチームとは試合をしないらしいじゃないか。どんな相手にでも簡単に勝つんだってな」

「仲間同士で試合をするか、大統領に頼まれたときには地球を守るために宇宙人と闘わなくちゃいけないんだ」

「宇宙人？」

父は僕をからかっていたのだ。そして僕はテレビと現実をごっちゃにしていた。耳が真っ赤になった。

二杯目が来た。父はそれも一気に飲み、今度はビールを注文した。待っているあいだ父はカウンターの上に両肘をついて言った。「自分の人生がこんなふうになるなんて思ってもみなかったよ」

バーを出るころには日が暮れつつあった。空気は湿り気を帯びて冷たかった。車に乗ると、父は窓を下げた。


感謝祭のころ、介護施設の費用も払うと保険会社が言ってきた。この知らせに伯母は誰よりも喜んだ。「起こったことを否定してもしようがないわ、シューバ。神を信じ続けるのよ。自分の望みが叶えられたときだけ信じるのじゃダメよ。望みどおりにならなくたって神を信じるのよ」

十二月に、伯母の一人しかいない孫になる男の子が一歳になった。伯母は誕生日パーティーを開いたが、そのことを僕たちには言わなかった。パーティーの夜、病院から帰宅した僕たちは、リビングルームに座って紙皿に載せたケーキを食べている人たちに出くわすことになった。伯母は僕たちをキッチンに連れていった。「他人の幸せそうな姿を見ると気が滅入るんじゃないかと思って」

「じゃあ、あなたは他人ってこと?」と母は言った。「あなたの幸せはわたしの幸せじゃないっていうの?」

「ほらほら、ケーキを食べて」と伯母は言った。「怒るようなことじゃないでしょ? わたしが悪かったわ」。伯母はキッチンから出ていくと、お客に聞こえるような大きな声で言った。「法廷にでもいるみたいだわ。一言一句に注意しなくちゃいけないんだから」

二週間後、ニュージャージーの新しい家に引っ越すわよ、と母は僕に告げた。

クリスマスが近づき、病院のロビーにもクリスマスツリーが現われた。玄関の壁には、そりに乗ったサンタの切り抜き細工がテープで貼られるようになっていた。僕は思いついたらどこででも祈るようになっていた——ロッカー、昼食のとき、小テストの途中でも。いままでにやったことがないほどたくさん祈ったけれど、朗唱される祈りのリズムや神様との対話のなかに没入するのがだんだんむずかしくなっていた。朗唱しお香を焚いたからといって晴れた八月の午後の三分間をなかったことにできるだろうか? それは、一枚の白い紙きれを、まばたきの力だけで風を起こし、テーブルの一方の端からもう一方の端へと吹き飛ばそうとするようなものだった。

クリスマスイブの日、母は病院付の牧師にビルジュの部屋に来て祈ってくれるようお願いした。母と僕は牧師とともにビルジュのベッドのそばにひざまずいた。祈りを終えると、牧師は翌朝のクリスマスの礼拝に参加するか尋ねてきた。「もちろんです、牧師さま」と母は言った。

「僕も行きます」と僕は言った。

その夜、リビングルームのテレビで『素晴らしき哉、人生!』を見た。僕にとってこの映画の教訓は、不幸が大きければほとんどのことが幸福に感じられるというものだった。そのあと、両親のそばで横になって目をつむると、神様が現われた。

自分の息子の誕生日なのだからどんな要求も神様は叶えてくれるべきだと僕は心のどこかで思っていた。「ビルジュは朝にはよくなってますか？」

「ならないよ」と神様は答えた。

「どうして？」

「数学のテストで百点が欲しいと頼んできたとき、きみはお兄さんのことをお願いすることもできたはずだよ」

翌朝、両親と一緒に病院に行くと、ビルジュは口で息をしながら眠っていた。ベッド脇に看護助手が立って、缶に入った栄養補給剤（アイソカル・フォーミュラ）を、胃に直接つながれた黄色っぽいゴムのホース、Gチューブに注入していた。ビルジュがよくなるとは思っていなかった。それでもそんな姿を見ていると、胸がひどく苦しくなった。

一日中、僕はビルジュの部屋の隅に座っていた。母はベッド脇に座って、ビルジュに女性誌を読んで聞かせながら、膝の上でピーナッツの殻をむいていた。父は公務員試験に備えてぶ厚い赤い表紙の本を読んでいた。日が暮れようとしていた。外では空が暗くなっていた。しばらくして明かりがともされた。何の変化も起こらず一日が終わろうとしている。そう思ったら僕は泣き出していた。静かにしようとはした。両親に涙を気づかれたくなかったし、ビルジュのために泣いているとも思われたくなかった。本当のところ自分のために泣いていたからだ。病院でこんなにも長い時間を過ごし、しかもこれから見ず知らずの町に引っ越さなければならない自分がみじめだったのだ。

最初に気づいたのは父だった。「おい、どうしたんだ?」

母は叫んだ。「どうしたの?」母は跳び上がった。まるで僕が血でも流しているかのように怯えていた。

「クリスマスプレゼントをもらってない。クリスマスプレゼントが欲しい」と僕は言った。「クリスマスプレゼントを買ってもらってない」そして、いったん自分のわがままをさらけ出すと、もう我慢できずに僕は泣いた。「何かちょうだいよ。これだけやってるんだから何かもらえるはずだよ」僕は手を握りしめ、こぶしで顔をぬぐった。

母は僕を引き寄せ、ぎゅっと抱きしめた。父は近づいてきて、そばに立った。「何が欲しい?」と父は言った。

わからなかった。

「何が欲しいの?」と母がくり返した。

「ピザが食べたい。それからキャンディが欲しい」

母は僕の髪をなでた。「大丈夫よ」

僕はすすり泣き、母はサリーの裾で僕の涙をぬぐい続けた。ようやく僕が泣きやむと、両親は僕を伯母の家に帰らせることにした。

途中、ショッピングセンターに立ち寄った。五時を少し過ぎたばかりで、道路灯は点灯していた。父と僕はまず雑誌販売店に行き、3マスケッティアーのチョコバーの入った袋と、リーセス・ピーナツバター・カップの入った袋を買った。それからとなりのピザ屋に行った。ブース席に座り、コートを着たまま食べた。事故以来、食事をするときには手短かに祈りを捧げるようになっていた。いま祈るべきかどうか。やっぱりビルジュの助けになることならなんでもするべきだろう。僕は両手を紙皿の上で合わせた。

そのあと、父は何も言わず車を運転し、僕は膝の上にキャンディの袋を抱えて座っていた。ビニール袋ごしにも砂糖とチョコレートの匂いがした。僕たちが通り過ぎた家々のなかには暗いものもあったが、あとはどこもクリスマスの飾りで光り輝いていた。

車のなかは暖かく、しばらくしてから窓を少しだけ下げた。車内にビュービューと風が吹き込んできた。ビルジュが事故にあったプールのあるマンションの近くを通った。あのとき救急車が停まっていた駐車場の外灯に照らされて、プールを囲む高いフェンスが見えた。フェンスの向こうの暗闇を見ようとした。事故のあと、あの不幸をもたらした水はどうなったんだろう。抜かれたのだろうか。たぶんちがう。夏のあいだじゅう人々はプールで泳ぎ、プール際に座って足で水をバシャバシャ跳ね散らしていたにちがいない。ある八月の午後、そのコンクリートの底に僕の兄が三分間横たわっていたことを知らずに。

僕たちは荷物を車に載せて、伯母の家の車寄せに立っていた。「どういうこと？」と伯母はむせび泣いた。「神様はどうしてこんなことを？」母と抱き合っていた伯母は、母にしがみついて行かせまいとした。母も伯母をぎゅっとつかみ、泣いていた。伯父もそこにいて、片手を僕の肩に置いた。肩をすくめてその手を払い落としたかった。僕はブルブル震えていた。コートは車のなかだった。どうして人は必要なときに優しくなれないのだろう？

介護施設に初めて行った日、僕はビルジュのベッド脇に座って、『チャンダママ』（インドの子供向け雑誌）の古い号を読んで聞かせた。雨が降っていて、水滴が窓を叩いていた。部屋は病院のときとほぼ同じ大きさだった。天井の電気がついていても薄暗かった。母は部屋を出たり入ったりしていた。書類を書くので忙しかったのだ。母が入ってきても、僕は顔を上げずに読み続けた。僕は自分が見られていると思ったし、介護施設に僕たちがいる理由を証明しなければならないと思っていた。僕たちは素晴らしい家族で、ビルジュを大事にしていることを示す必要があった。僕がそうすれば、介護施設の人たちは恥じ入って兄のことを大切に世話してくれるだろう。

硬い椅子にずっと座っていたのでお尻が痛くなり出した。声も嗄れた。こんなとき、病院だったら、「ビルジュ、テレビでも見ようよ」と言っていただろう。さらに何時間もたった。介護施設はすごく静かだった。僕の背後のドアは開いたままだった。カートが通り過ぎると、リノリウムの床に車輪がきしる音が聞こえた。あまりの静かさにふと思った。病院では医者と看護師がつねに忙しそうに動いていた。定期的に館内放送も聞こえた。介護施設は病院ほどよいところではなく、たいして重要でない人たち、どこかに追いやられて忘れられてもよいような人たちが押しこまれる場所なのではないか。僕たちはビルジュを裏切っているのではないか。ここに移すことで、兄の世話を放棄しているのではないか。そんな気がし始めた。

介護施設は道路沿いにあって、その反対側には病院があった。二つの建物は、プラスチックのストローみたいな橋で結ばれていた。五時になると、母と僕はビルジュをベッドから持ち上げた。母は両腕を兄の脇の下に入れ、僕は膝のあたりを持った。そのまま抱えて、車椅子に乗せ、玄関ホールを通り抜け、橋の上まで押していった。そこで、顔を上げて外を見ると、駅からやって来る父を待つ僕たちの姿が映っていた。父はニューヨークで働いていた。毎朝、電車に乗って通勤した。その晩、到着した父は、雪の降りしきるなか僕たちが道路の上に浮かんでいるのが見えたと言った。

その最初の日、父は酔っていなかった。しかし、それ以降はほぼ毎日、酔っぱらっていた。ビールの匂いがするときもあればスコッチの匂いがすることもあった。「今日もひでえ一日だった」とビルジュの部屋で父は苦々しげに言うのだった。

初めのころ、母は父の飲酒について何も言わなかった。母はショックを受けているようだった。黙っているのは、僕の前でそんな話をしたくないからだ。つまり、僕も何も気づいていないふりをしろということだ。ただそれが、周囲が何も見えていないと思われるくらい忙しくエネルギッシュな日々を送りなさいということなのか、ふだん通りに振る舞っていればよいということなのか、いまひとつわからなかった。

たぶんそれから十日ほどたって、母は父が飲酒していることを認めるようになった。初めはいやみを言うだけだった。「そんなので運転したらいつか人を殺すわよ」父は無視した。

それから母は怒りを隠さなくなった。涙目になって父に叫んだ。「息子がこんなふうになってるのに何やってるのよ？　あなたが溺れ死ねばいいいんだわ」

僕たちはメタッチェンに引っ越していた。ニュージャージーにはいくつかしかない、寺院のある町だったからだ。引っ越してから一か月ほど過ぎたころ、母は僕の髪を櫛（くし）でとくと、僕を賢者（パンディット）のところへ連れて行った。火曜日の夜で、彼が寺院に座りにくる三晩のうちの一日だった。寺院は元々は教会の建物だった。かび臭くてアメリカっぽい匂いがした。神々の像がずらりと並んだ大きな部屋があり、裏手には、供物として使われるミルクとバナナを入れた冷蔵庫があった。

母は僕たちの状況を賢者に説明した。「ビルジュは昏睡状態なんです」と母は言った。でもビルジュの目は開いていた。昏睡ではなく、脳の損傷だった。「何が起こるかわからないって医者は言ってます。明日にも目を覚ますかもしれないって」母がどうしてそんなことを言うのかわからなかった。人間というものは、望みがあると思える場合には、手を差しのべたがるからだろうか。でも望みが何もなければ、僕たちを避けようとするだろう。だって誰が気の滅入るような人のそばにいたいと思うだろう？「毎朝、介護施設に通っているんです。夫は夕方に来ます。町に寺院があって本当にありがたいわ」

　賢者は少し前かがみになって僕たちの前に立っていた。三十代のハンサムな人で、背が高くて肩幅が広く、濃い口ひげを生やしていた。賢者に助けを求めに行くなんて奇妙な感じだった。インドでだったらこんなことはしなかっただろう。インドでは、賢者はカウンセラーや精神的指導者ではなく、祭儀を執り行なう人であって、書類にハンコを押して、ことあるごとに賄賂を要求してくる下級公務員みたいなものだからだ。母が賢者の話をするときには軽蔑が感じられたものだ。「賢者の手の甲を見たことがある人なんていないわよね」と母は言っていた。いつだったか、母は深い穴に落ちた賢者についてのジョークを披露した。人々は手を伸ばして言った。「こちらに手を差し出してください」すると賢者は、腕を組んで不機嫌になった。そのとき一人の老人が人だかりをかき分けて前に出た。「賢者との話し方を知らんようじゃの」そう言うと、老人は穴のなかに手を伸ばした。「どうぞわしの手をお受け取りください」たちまち賢者はその手をつかんだ。

　賢者が賢者であるがゆえに僕は軽蔑を感じていたし、彼が本物ではないから軽蔑を感じてもいた。ナーラーヤン氏はボランティアで寺院に来ていたエンジニアだった。七〇年代から八〇年代の半ばまで、僕たちの大半はどこかの家に集まっては祈りを捧げた。なんとか寺を買ったり建てたりできたコミュニティでも賢者にお金を払う余裕はなかった。そのため賢者はボランティアになりがちで、たいていの場合、とりわけ敬虔（けいけん）な人が、その信心深さと徳高い人だという評判ゆえに祭式を執り行ない、定められた夜に寺院に座りに来るよう頼まれていた。賢者が病気の信徒を訪問したり、問題を抱えた家を手助けするなんてインドでは聞いたこともなかった。しかし、ボランティアの賢者の言動には、たぶん彼らが本当に慎み深い人たちだったからだろう、病院にいたキリスト教の牧師を思わせるところがあった。

数日後、ナーラーヤン氏がビルジュの部屋を訪れた。よく晴れた寒い土曜日の午後だった。父が酔っていない日中に来てもらわなくてはならなかった。ナーラーヤン氏はベッド脇に置かれた椅子に座った。ビルジュの目は開かれており、だから昏睡状態とは言えなかったが、そんなことは気にしていないようだった。昏睡状態という言葉は、たぶん彼にとって特別な意味を持たないのだろう。ナーラーヤン氏は両手を膝の上に載せて背筋を伸ばして座っていた。彼がそこにいることに違和感を覚えた。ビルジュと暮らす家族だけの生活に慣れっこになっていたので、ビルジュがもはや外部の世界にとって実在しないも同然に感じられていたのだ。ところが、ナーラーヤン氏がそこにいることでビルジュの存在が軽くなってしまう気がした。ビルジュを目にしてもナーラーヤン氏にとっては何ひとつ変わらない。ということは、起きてしまったことは僕が思っているほど深刻ではないということになる。

ナーラーヤン氏は朗らかで控えめな笑みを浮かべていた。人を心から喜ばせたいと思っているようで、両親の言うことにしきりに頷いていた。その親しげな態度に僕は苛立ちを覚えた。「どうして自分のやっていることを誇りに思わないといけないんですか！」と父は言った。「好きでやっているんじゃない。イヤイヤやってるんです」ナーラーヤン氏は頷いた。率直さは美徳であり、父の言葉にではなく、その正直さに同意しているのだとでもいうように。

父の椅子のうしろに立っていた母は、口を挟まずにはいられなかった。「あなたが何を言おうがわたしは幸せよ。こうやって息子の世話ができるんですから。もしわたしが死んで、この子の面倒をみてくれる人がいなかったとしたら？　神様のおぼしめしでわたしは生きているし、こうやって息子を愛することができるんですから」

賢者は誰かのうちで行なわれるラーマーヤン・パス（ラーマーヤナの全体を朗唱する儀式）に僕たちを招いてくれた。玄関のドアにつづく階段はスリッパやサンダル、スニーカーでいっぱいだった。中も同じで、玄関ホールは靴とサンダルだらけだった。左手にリビングルームがあった。家具はひとつもなかった。床一面に白いシーツが広げられ、正面の祭壇のそばに男がひとり座り、膝の上に置いた『ラーマーヤナ』を朗唱していた。

こんなにたくさんの人に囲まれるのはずいぶん久しぶりだった。

「何をしようってんだ？」と父は小声で言いながら下を向くと、かかとを踏んでローファーを脱いだ。

「みなさんとお目にかかるのよ」と母が叱るように囁いた。

僕たちは右側の部屋に入った。客でごった返し、ソファも立てられていた。人が多すぎて僕には腹とか腰しか見えなかった。その人の波に揉まれていると、苛立ちが募った。僕のまわりにいるこの人たちが生きているのは本物の人生じゃない。こんなにもひどく苦しんでいる僕たちの家族こそが、テレビのショーに出てくるような愚かな人生を生きているこんな人たちよりも本物の人生を生きているんだ。

母、僕、そして父がたどり着いたのはキッチンだった。コンロの上の沸騰したポットの蒸気で、光がぼんやりにじんでいた。僕たちを迎えてくれたのは、大柄なパンジャブ人の女性だった。ポニーテイルにして、バギーシャツとサルワール・カミーズのズボンを着ていた。

「ああ、ミシュラさん」と言って、彼女はその大きな手に母の小さな手を取った。「おたくの話はお伽話みたいですわ」

そういうおべんちゃらは嫌いではなかった。それでも、そうした非現実的なものと比べられることで、僕たちの苦悩が軽くなってしまう気がした。

「来てくださってありがとう。おたくの話をすると、みなさん驚きますわ」コーリ夫人は両手を合わせた。父は口をもごもごさせて「こんにちは（ナマステ）」と言った。

コーリ夫人は僕たちをそばに立っていた女性に紹介した。ズボンをはき、光沢のあるシルクのブラウスを着ていた。宗教的儀式にふさわしい格好をしていないことからして、低い階層の人であるか、他の人たちと同じである必要のない、きわめて高い教育を受けた人のどちらかだった。

「この人の息子さんは介護施設に入っているのよ」とコーリ夫人はその女性に話した。

「息子はプールで事故にあったんです」と母は言った。「昏睡しているんです」恥ずかしそうに母は言った。まるで何か貴重なものを分け与えるように。腹が立った。ちがう、ビルジュは昏睡してるんじゃない。脳を損傷したんだ。壊されてしまったんだ。

「息子さんはまったく話せないんですか」とその女性が訊いた。

「ええ」と母は答えた。困っているように見えた。

「あなたが一緒の部屋にいて、そばに座っていてもわからないんですか」

「昏睡なんかじゃありません」と父が言った。「眠っているんじゃありません。目は開いているんですから。歩いたり話したりはできないんです。それをうちのは昏睡だと言うんです。そっちのほうが聞こえがいいと思ってるんでしょう」

コーリ夫人はほほえんだ。誇らしげに頷いた。「ほらね？ 親の愛には際限はないのよ」

父は言った。「私はあっちで座ってます」

コーリ夫人は僕たちをほかの女性たちにも会わせた。そこでも母はビルジュが昏睡していると言った。その人たちも、ビルジュが本当に全然話せないのか訊いてきた。

僕たちが到着して一時間かそこらしたころ、『ラーマーヤナ』の朗唱はほとんど終わりに近づいていた。女性たちは寺院にいるときのように、頭を覆いあぐらをかいていた。母と僕は一緒に座った。父もそばに座っていたが、頭を垂れて白いシーツを見ていた。

たいていの場合、場所を提供してくれた人が『ラーマーヤナ』の最後を読むことになっていた。コーリ夫人は人々の膝のあいだを注意深く通り抜けて近づいてきた。僕たちのところまで来ると、母を見て言った。「さあどうぞ。最後の詩句を読んでください」

「それはあなたがなさらないと」母は戸惑っていた。よく知らない人からの高価な贈り物を断ろうとしている人みたいだった。

だいたいは宗教的な儀式がらみで、僕たちはよその家に招待を受けるようになった。僕たちは、とりわけ母は、とても丁重に扱われた。家に入ると、母はたちまち女性たちに取り囲まれた。まるで僕たちが家族愛とか他者への献身といったものを体現しているかのようだった。いつしか僕自身もビルジュは昏睡に陥っていると言うようになっていた。それが人々の聞きたいことのようだった。一度、ある男の人に、ビルジュは脳を損傷して、治る見込みはないんですと言ってみた。彼は僕を見下ろすと、まるで僕が言ったこととはちがうことが聞こえたみたいに笑みを浮かべて頷いた。

介護施設まで僕たちに会いに来る人もいた。ほとんどは子連れの夫婦だった。見るからに子供たちに教訓を与えたがっていた。あるとき、僕たちの前で父親が五歳の娘に言った。「おまえが私たちから何をしてもらっているか考えなさい。このおじさんとおばさんがしているようなことをアメリカ人がすると思うか？ アメリカ人だったら『おまえは自分ひとりで生きていかなくちゃいけない。おまえの人生はおまえのもの、私の人生は私のもの』って言って終わりだ。でも、これが私たちインド人の生き方なんだ。わが子がいとおしくてたまらないんだ。さあ、ビルジュ兄さんの足にさわってきなさい」女の子はそろそろとためらいがちにベッドに近づいた。ビルジュは白い靴下を履いていた。兄の足の下には羊の毛皮が敷かれていた。腱(けん)が収縮していたために両足は内側を向いてほとんど接触していた。

ビルジュを元に戻せると言う人たちの訪問も受けた。旅行案内業者とかお菓子屋の経営者とかエンジニアだったりした。妻を同伴している人もたまにいたけれど、ほとんどはひとりで来た。あるとき、大学で教えている数学者が来た。頭が馬蹄形にはげて、ちょびひげを生やしていた。両手を腹の上に置いてビルジュのそばに座り、両足を前に伸ばすと、静かにヒンドゥー教の聖典について語り出した。自分自身の賢さにびっくりしたみたいに、話しながらくすくす笑った。ときどき英語の単語が混じった。科学の知識を見せびらかしたいときには英語を使うのだ。「この天(アカシュヴァニ)からのお告げとは、むろんラジオのことです」彼は「むろん」と英語で言った。そして英語で続けた。「西洋人が発明したといっている物の多くが、何千年も前からインドにはあります。飛行機もテレビもね」それからヒンディー語に切り替えた。「証拠もあります。私だけが言ってるんじゃないですよ」そう言って彼は笑った。鼻をほじると、鼻くそをしげしげと眺め、ビルジュのベッドの下にぴんと弾き飛ばした。

ほとんどの物はインド人が発明したと言われても別に驚きもしなかった。そんな主張はもう何度も聞かされていた。神が夢に現われて、ビルジュを目覚めさせる方法を教えてくれたと言ってきた人がいた。インドの聖人から治療法を学んできたと言う人もいた。

僕はそういう「奇跡の使い手」が嫌いだった。自分が重大なことのただ中にいるという実感を得たいがために、その治療法なるものをビルジュに試したがっているように思えたのだ。訪ねてくれる人がいるのは悪い気がしなかった。彼らが帰らなきゃいいのにと思った。ふたたびビルジュのそばにいるのが僕たち三人だけになってしまうから。彼らがいなくなると、たちまち寂しさが募った。窓が開けられて冷たい空気が吹き込んでくるかのようだった。ときには、あまりの寂しさに、そもそも来てくれなければよかったのにとさえ思った。

ごくふつうの人たち、穏やかで朗らかで礼儀をわきまえた人たちもやって来た。僕たちを自宅での夕食に招いてくれもした。ある面では母はこういう人たちのほうが好きだった。元来うたぐり深い母は、メロドラマ的な振る舞いの背後には隠しごとがあると考えていた。ところが、そういうメロドラマ的な人たちの言葉には強い思いがこもっていて、僕たちに何かと親切にしてくれた。

毎日、午後二時半になると、母は学校に迎えに来て、僕を介護施設に連れて行った。父は六時にやって来た。七時になると僕たちはアパートに戻った。

一部屋のアパートで、部屋の真ん中には、キチネットと段ボール箱の上に置かれたテレビと向かい合わせにソファが置かれていた。毎晩、僕はソファの上にさっとシーツを広げ、その上に寝た。両親はソファのうしろのスポンジマットレスで寝ていた。父は金曜と土曜の夜になると夜遅くまでビデオで映画を観ていた。事故が起こる前、父は僕と母ほど映画が好きではなかった。それがいまでは夜中の二時、三時まで、音をすごく小さくしたテレビのまん前に座っていた。『ゴル・マール』、『ナラム・ガラム』、『チョーティ・シ・バート』といったコメディがとりわけお気に入りだった。夜中にときどき目が覚めると、部屋中が青白い光でちらちら揺れていた。ごろんと体の向きを変えると、テレビの真っ正面に座っている父が見えた。例のごとく、父は酔っていた。見ているものに心を奪われているかのように口をあんぐり開けていた。父が正午や一時になっても介護施設に現われない週末がときどきあった。僕たちが朝食を取っている間、父は横になったままだった。母と僕が出かけようと玄関口に向かっても横になったままだった。

春になった。介護施設への行き帰りにそばを通る公園では、木々の枝が芽吹いたばかりの葉で覆われていた。それから夏が来た。学校は終わり、僕は一日中家で過ごすことになった。

朝、アパートを出ると、外は明るく、蒸し暑かった。僕たちの建物は大通りの端のほうにあって、二、三百メートル先には大きな古い郵便局があった。歩道にはパーキングメーターがあって、マッチ棒の形をしたグレーの金属のポールが、まっすぐ、清潔に、そして勇敢に立ち並び、命を得るためにコインが投じられるのを待っていた。ポールのそばを通り過ぎるたびに、僕は手を伸ばしてそれに触れた。

僕たちはビルジュが事故にあったマンションを訴えた。ビルジュが水に沈んでいたとき監視員（ライフガード）はいたのだ。ビルジュをすぐに見つけられなかったのがひとつ目の過失だった。兄が引き上げられ、プールサイドに横たわっていたとき、人工呼吸が行なわれていなかった。これが二つ目の過失だった。

ビルジュはインド人だから人工呼吸をしてもらえなかったのだと父は言った。

「黙ってて」と母は叫んだ。

ビルジュの部屋でのことだ。父は酔っていたけれど、金銭的解決に至るまでの何か月ものあいだ、しらふで同じことを言い続けた。それが嘘なのはわかっていた。けれど、父がそう言うのを聞くと気が楽になった。そうだったとしたら、ビルジュの事故は、外の世界と無関係で意味をまったく欠いた、純粋に偶発的なものではなくなるからだ。それに、怒っているとなんとなく心が満たされた。

ビルジュの事故から一年が過ぎた。父はビルジュのひげを剃るようになっていた。最初にひげを剃ったときは午後だった。母と僕は立ったまま、父が兄の頬にシェービングクリームをつけるのを見ていた。「注意して」

父がシェービングクリームを塗るあいだ、「慌てないでよ」と母は言った。ビルジュは穏やかに横たわっていた。こんなことが起こり、それでも世界は続いていくなんて不公平だと思った。

十二月のある金曜日、父は夜遅く帰宅した。母は夕食の仕度をしていた。父はアパートのなかに入ると、灰色の金属製のドアに背中を預けた。ほほえんでいた。膝のところで足を交差させ、ブーツの紐をほどいていた。

「決まったのね?」と母が訊いた。

「そうだ」と父が答えた。やはり笑みを浮かべていた。

母はスプーンを手に取ると、カウンターの上の砂糖のボウルから一杯すくい、父に渡した。父は山盛りのスプーンを口に入れた。柄が体温計のように突き出していた。

「何も言わないで」

母は言った。「さあ言ってちょうだい」

父は口からスプーンを取った。「六十一万八千ドルだ」

よく意味がわからなかった。一億ドル、もしかしたら十億ドルは貰えるだろうと思っていたのだ。六十一万八千ドルなんて少なすぎてほとんど無価値に思えた。カップとか靴みたいに、ごくありきたりのものに思えた。

ちゃんと聞こえてなかったのかもしれない。僕はソファに寝そべり、ハードカバーのSFの本をおなかの上に立てていた。

　母は父をじっと見つめた。アパートの蛍光灯の光のせいで全身が黄色っぽく見えた。目の下の皮膚は焼け焦げているみたいだった。「百万ドルになるって言ってたわよね」

「三分の一は弁護士に行くんだ」

「ってことは、六十六万六千ドルよね」

「諸費用の分もある」

「手紙やコピーに五万ドルですって」と母は怒った口調で言った。

「シューバ、シューバ」

「あの弁護士は三十万ドルも貰えるようなことを何かしてくれた?」そう言うと、母は父から顔をそむけ、そのまま黙りこんだ。少ししてからまた父のほうを向いた。「お金のことはいいわ。薬を買うことができれば。それが何よりも大切だもの」

　母は床に新聞紙を広げ、食事を取るため僕たちは座った。いくら嚙んでも口のなかは乾いたままだった。ロティを飲みこむと痛かった。

　夕食を終えると、僕たちは歩いて寺院にお礼参りに行った。雪が降っていた。外灯の光のなかを舞う雪は蛾に似ていた。僕は和解金のことを考えた。

　金銭的な和解は、怪我をした人が稼ぎうる額にもとづいて算出されると父は言っていた。歩きながら、その金額が時給にするとどのくらいになるのか考えた。僕はこう計算した。母は毎日介護施設に通っている。そして八時半から夜の七時までそこにいる。つまり、一日に約十時間、一週間に七日働いていることになる。僕は月曜から金曜まで、そして週末は土日ともに、午後三時から七時まで施設にいる。でも、施設にいるあいだずっと働いているわけではない。父も週日の夜と週末に施設にいる。少なめに見積もっても、父と僕はそれぞれそこで週に二十時間は過ごしている。ビルジュはつねに損傷を受けているので、一週間にほぼ百時間の労働として数えることができる。二百十時間かける五十週は一年でだいたい一万時間になる。もしビルジュが十年間生きたら、十万時間の労働に相当する。六十一万八千ドルを十万で割ると、六ドル十八セントだ。一ドルとか、馬鹿げたほど少額になるものと思っていた。それが六ドル十八セントになって、僕は驚いた。母が縫製工場で働いていたときの時給は五ドル半だった。少年ひとりに対する金額としては、六ドル十八セントは不当なものとは思えなかった。

翌日、ビルジュの部屋にいるときに、母は僕を映画にでも連れていくよう父に言った。まるで僕たちは朗報を受けて、それを祝うふりをしようと決めたかのようだった。『ガンジー』を観るべきよと母は言った。「見て何か学んできなさい」僕は映画なんか見たくなかった。お金を使うと思うと恥ずかしかった。どうしても映画に行けというのなら、『E.T.』が見たかった。「ひどい映画ね」と母は言った。「月から来た怪物なんて」

同意書が郵送されてきた。法律文書用紙に印字された数枚の契約書だった。うちにはテーブルがなかったので、父は契約書をソファの上に並べた。父と母は膝をついてサインした。僕にもサインが求められるのだろうか。生まれてこのかたサインなんてあまりしたことがなかった。サインを拒絶し、もっと多くの金額を要求したらどうだろう。僕もサインしなくちゃいけないのか母に尋ねた。

母は笑い、僕にキスをした。「どうしてあなたがサインしなくちゃいけないのよ？」

ビルジュの値打ちを決定した裁判官から、僕もまた大した値打ちがないと決めつけられたような気がした。兄を愛していると僕は言ったつもりだった。でも、信じてもらえなかったのだろう。

ビルジュが入った介護施設はよくなかった。しばらくして僕たちはそのことに気づいた。ある朝、僕と母がビルジュの部屋に入ると、電気は消え、窓のシェードは下ろされていた。ベッドの柵の向こうにビルジュは横向きに寝かされていた。ハアハアと喘いでいた。

母は電気をつけた。ビルジュの顔は涙で濡れていた。兄の体は枕で支えられていた。二時間おきにヘルパーが部屋に来て、体の向きを変えることになっていた。夜勤のヘルパーがそれを忘れたにちがいなかった。

「毎晩、家に戻るとき、この子を階段の吹き抜けに置き去りにしていくような気がする」と母は言った。急いでベッドの向こうに回ると、ベッドと壁のあいだに体を入れた。そばに来て兄を横向きのまま支えておくよう僕に言った。僕は両手で兄の腕とお尻を押さえた。まるで水でもかけられたみたいに兄はぐっしょり汗で濡れていた。母が枕を抜くと、僕はゆっくりと兄をあお向けに寝かせた。

ビルジュの体の下に、夜勤のヘルパーたちが落としていった物が見つかるのは一度や二度ではなかった。体温計、ゴム手袋、クッキー。一度などハサミがあった。何よりもぞっとする思いをしたのは、ビルジュが時間通りに栄養を与えられていないときだった。兄には三時間おきにアイソカル・フォーミュラが缶半分の量与えられることになっていた。それをヘルパーはしょっちゅう忘れた。あるいは、忙しくてそうすることができず、一度にまるまる一缶を与えた。しかし一缶は多すぎなのだ。そうしたことが起きると、兄の顔は紫色になった。兄が吐いてもいいように、僕たちはベッドの背を上げた。兄はよく吐いた。ゲップでもするように口を開けた。薬剤の匂いはするが胃液の酸っぱい匂いはしない白色のアイソカルが、与えられたあらゆる薬剤とともにほとばしり出た——痙攣（けいれん）を防ぐ効果のあるベクラミドも含めて。

これは本当に怖かった。痙攣は脳のさらなる損傷を引き起こしかねないからだ。あるとき母はヘルパーに声を荒らげた。そのヘルパーはビルジュが吐いているのに何もせずベッドの横に突っ立っていたのだ。「どういうことなんですか」と母は叫んだ。「ベクラミドはどうなるんですか？　ベクラミドをまた与えなくちゃいけないんですか」母は拳を握りしめ、前かがみになっていた。「どうなんですか？　先生にお尋ねすることはできるんですか？どれくらいかかりますか？」

僕はよく自分がギャングになった姿を想像した。僕はアミターブ・バッチャン（インドの国民的な人気を誇る映画俳優）みたいになって、ヘルパーたちをぶちのめす。そして一晩中ビルジュの部屋で震えながら座らせるのだ。

金銭的和解のあと、ビルジュを移せるところはないかと、僕たちはほかの介護施設を訪ね始めた。最初に行ったのはコネチカット州の施設だった。一年で十六万ドルもかかるところだったが、どんなところか知りたかったのだ。一月の午後、車で出発した。橋をいくつか渡り、日の光の降りそそぐ広々とした高速道路を走った。

介護施設は、並木に囲まれた長い私道の先の高台にあった。道は広大な芝生の庭に通じ、ポーチをめぐらせた大きな黄色い建物が芝生を見下ろしていた。

外観から想像される以上に建物の内部は広かった。廊下はサッカー場くらいの長さがあるように思われた。

五十代の女性が案内をしてくれた。金髪で、首元まで大きなボタンで留めたウールのスーツを着ていた。僕たちに挟まれて廊下を歩きながら、この施設で行なわれている治療プログラムについて説明してくれた。患者は全員、ヘルパーではなくセラピストから毎日物理療法を受けており、言語療法を含む刺激療法もあるという。

母は不安そうに尋ねた。「ビルジュのような患者が喋り出したことはありますか?」

女性は立ち止まり、母を見た。「残念ですが、わたしの知る限りではいません」そして少し間を置いてから言った。「経口療法は患者の嚥下能力の減退を防ぐためのものなんです」

玄関ホールへと向かいながら、女性は廊下の中央にあるナースステーションのカウンターを指差した。「どのステーションにもコンピューターがあるんですよ」

父は両手を背中に回していた。まるで高級な店で、何か盗むんじゃないかと疑われるのを避けようとするかのように。車中で父は、僕たちにはとても手の出ないそんな場所に行くのは無意味だと母に言っていた。

父はその女性に尋ねた。「患者が漏らしたらすぐに看護師にわかるオムツを、おたくでは使ってるんですか?」

「ええ」

母はビルジュが時間通りに栄養を与えられず、薬を吐き出してしまう話をした。「あってはならないことです」と女性は言った。「許されないわ」たぶん母が悩んでいるように見えたのだろう。「ベクラミドはすぐに吸収されるんです。たぶん息子さんはそんなにたくさんはロスしていないはずですよ」

　施設のすべてが素晴らしかった。どの曲がり角にも白い制服を着た女性のいるナースステーションがあった。どこに行っても、そうじされたばかりの糞便のすえた臭いではなくて、ポプリの香りが漂っていた。廊下の壁を見ると、車椅子の車輪の高さのところに黒い縞がついていたし、ストレッチャーの高さのあたりでは塗装が剝がれていた。でもそんなのは些細なことだ。

　僕は弁護士に取られた三十万ドルのことを思った。もしも事故にあっていなかったら、ビルジュは外科医になっていただろう。そしたらこんな施設なんか余裕だっただろう。

　しばらくすると、僕は両親から遅れ、目をつぶって歩き出した。頭を左右に振ってクルクル回りながら歩いた。

「外に行ってなさい」と母に叱られた。「ポーチから離れないでよ」

　ポーチは黒いゴムのマットで覆われていた。そこから芝生に下りた。木の枝を拾い、それを引きずりながら施設の周囲を歩いた。施設の窓がきらきらと光を放った。まるで僕たちはビルジュをここに連れてくる余裕がないことが、それなのに他人の時間を無駄にしていることが見透かされている気がした。

　僕たちは他の施設にも行った。施設の訪問は休暇みたいなものだった。僕たちはビルジュのそばにいるわけではないけれど、義務は果たしている。だから兄のそばから離れることにつきまとう罪悪感はなかった。

ボストンの施設に行ったときのことだ。その施設は幅の広い道路に沿って並んだいくつもの長屋風の建物から構成されていた。そのうちの一軒に入って、金髪の口ひげを生やした若者に案内してもらった。壁に青で「ペンキ塗りたて」と表示された階段の踊り場で、頬にポートワイン色の染みのあるすごく太った女性看護師に会った。若者が紹介してくれた。看護師は言った。「わたしだったら家族の誰もこんなところに入れないわね。毎日刺激療法をやってるって言ってるけど、患者さんたちをひとつの部屋に押し込んで、テレビをつけてるだけなんだから。動物保護施設と同じよ」看護師が喋っているあいだ、若者は笑みを浮かべて、僕の両親と看護師の背後の壁をぼーっと見つめていた。

ペンシルヴェニアのニューホープに行ったときがいちばん楽しかった。ニューホープは渓谷の一方の側に小さな家々が広がる観光の町だった。介護施設はどこにでもあるような施設だった。陽当たりのいいカフェテリアで、脳卒中の後遺症が残る車椅子の老人たちが食事を食べちらしていた。廊下には、なかに肺炎患者がいることを示す表示のついた閉じられたドアがあった。

施設の見学を終えると、僕たちは町を散策した。アイスクリーム屋があり、Tシャツを売る店があった。「透明な犬の引き綱」と呼ばれるものを僕は見た。川の堤防に打ち寄せる波は、窓のブラインドが風に揺れて上がったり下がったりするときの音がした。表面に映った雲をかき乱す水は、氷原の上を滑っていく波に似ていた。

父と母は、ビルジュを自分たちで介護できるよう、家を買う相談をするようになっていた。「いくらいい介護施設が見つかっても、毎日通わないといけないもの」と母は言った。

ナーラーヤン氏がビルジュのベッドのそばに座っていた。週末の午後だった。「この子と暮らすのはなかなか大変でしょうね」と静かに言った。

「母親だからって毎日来なくちゃならんのは、こいつだってきついですよ」と父が言った。立ったままお茶を飲んでいた。「こんなことがいつまでできますか？ こいつにも自分の人生がある」

ナーラーヤン氏は答えなかった。少しのあいだ黙っていた。ものすごく集中して、自分を超えた何かを理解しようとしているように見えた。ためらいがちに口を開いた。「やっぱりなかなか大変でしょうね」

「わたしたちが毎日来なかったら」と母は言った。「この子は床ずれになって、そこから感染症にかかって死んでしまいます。選択肢はないんです。何もかもやるか、何もしないか、どちらかなんです」

数日後、寺院での祈りのあと、ナーラーヤン氏から不動産業者を紹介された。グプタ氏は背が高く、筋肉質でハンサムだった。全部の指に指輪をはめていた。指輪は幸運を得るためのものだろう。ビジネスマンにありがちなように、この人も迷信深いんだろうなと僕は思った。グプタ氏が力になってくれるし、手数料もいただきませんとナーラーヤン氏は言った。「お役に立てるならこれに勝る喜びはありません」とグプタ氏は言った。

その寛大な態度に、母は僕たちの生活がどれほどひどいものか話さずにはいられなかった。「毎日、朝が来るのが怖いんです」と母は言った。「介護施設に歩いていきながら考えるんです。『今日は何が待ってるんだろう』って」。母は普段ならよく知らない人にこぼしたりはしなかった。でも僕たちにこれほど親切にしてくれる人であれば、きっとすごく同情してくれるはずだと思ったのだろう。それで母は率直に胸の内を明かすことができたのだ。

グプタ氏は僕たちの前で礼儀正しく静かに立っていた。

「ありがとうございます」と父は言った。

数日後、僕たちはグプタ氏と家を見に行った。グプタ氏は青のベンツのセダンを所有していた。うちの家族の誰もベンツなんて乗ったことがなかった。これには興奮した。

父は助手席に、母と僕は後部座席に座った。春の土曜日の午後だった。

途中、唐突に父が言った。「グプタさん、わたしがこれまで食べたなかでいちばんうまかったのは牛糞を燃やした火で調理された料理なんです」

グプタ氏は何も言わなかった。両手をハンドルの上のほうに置いてゆっくり車を走らせながら、前方をじっと見つめていた。

「牛糞には味を甘くするようなものが含まれてるんじゃないですかね」

父は返事を求めるようにグプタ氏を見た。父の顔は真剣そのものだった。ベンツに乗り、これから何千ドルも出費しようとしているのだから、自分は大物だと感じているにちがいなかった。

「そうだと思います」とウィンカーを出しながら、ようやくグプタ氏が答えた。「そう子供たちに言ったことがあります。そしたら、『牛糞！　おえーっ！』って言われましてね」

「わたしはシンプルなものが好きなんです。シンプルなもので十分なんですよ。ロティにピクルスをちょっと、それにドライサブジでもあれば御の字ですね」

「シンプルなものがいちばんです」とグプタ氏は同意した。「チーズの入った贅沢な料理はわたしも好きじゃないですな。なかなか消化できずに夜眠れなくなりますからね」

「幸福は自分の内側にしか見つからない。外にある高価な物からは得られない。聞いてるか、アジェ？」

母は窓の外を見ていた。

「聞こえたのか？」

「聞いてたよ、父さん」

「わたしはインドが心配なんです」と父はグプタ氏に言った。

「なぜですか、ミシュラさん？」

「ほんのちょっとしたことなのにやろうとしない。マハトマ・ガンジーは言いましたよ。用を足したあとは、蠅が病気をまき散らさないように少し土をかけなさいと。しかし、そうしている人がいますか？　インドにいるのはそんな人間ばかりだ」

「認めたくはないですが、その通りですよ」とグプタ氏は言った。そこに感情はこもっていなかった。同意したのは、そうするのが礼儀にかなっているからだろう。

父は喋り続けた。「われわれが白人より優れているとは言いませんが、インドからアメリカに来ているのは、最良のインド人ですよ」

その日、いくつかの家を見た。バスルームに入っていき、このバスタブのなかに白人の男が立って、体にしみついた汚れと肉の匂いを洗い流してたんだ、と思うと不思議だった。カーペットを歩きながら、ここを白人がはだしで歩いていったんだ、と思うと不思議だった。コーヒーテーブルの上に『プレイボーイ』が置いてあるんじゃないかとずっと期待していた。

その土曜日を皮切りに、僕たちは週末になると売り家を見て回るようになった。ある日の午後、すでに引越しを済ませた一軒家を訪れた。持ち主は家具を残していた。僕はキッチンに立っていた。ガラスの引き戸があった。両親は芝の生えた小さな裏庭にいた。二人がグプタ氏と話しているのが見えたけれど、声は聞こえなかった。キッチン用品は完備されていた。テーブル、オーブントースター、コーヒーメーカー、包丁が一式納められた木製のナイフブロックがあった。そこに立っているときに、僕は突然理解した——おそらく僕たちはもう二度とインドに戻ることはないだろう。このままずっとアメリカで暮らすことになるのだろう。僕は動揺した。いつか、僕はいまの自分とは似ても似つかぬ人間になるだろう。僕は深い孤独を感じた。

学校では誰にもビルジュのことは話していなかった。話したところで、ラーマーヤン・パスのときに会ったあの女性と同じように誤解されるんじゃないかと不安だったのだ。そして、そうやって誤解されるたびに、ビルジュの身に起きたことは、世の人々にとってはどうでもいいことなのだと思い知らされることになった。

ある朝、先生が出席を取っているあいだ、僕は机の上に身を乗り出して、前の席に座っていたジェフという少年に囁きかけた。「ねえ、僕、兄ちゃんがいるんだ。兄弟はいないって言ったけど、あれは嘘だったんだ」ジェフは振り向いた。青白い卵形の顔に、薄茶色の髪をして、鼻はとんがっていた。「兄ちゃんの名前はビルジュ。ビルジュっていうんだ。十五歳だけど、もうすぐ十六歳になるのかな。プールで事故にあったんだ。プールに飛びこんで、底で頭をガンって打って三分間水に沈んじゃったんだ。脳に障害が出てさ、メンローパーク・モールのそばの介護施設に入ってんだ。事故は二年くらい前の話なんだけどね、八月に起きたんだ。この前の八月じゃなくて、その前の八月ね」僕はいっきに話した。怖かった。自分を外側から観察しているような感じだった。「嘘ついててごめんね」

ジェフは少しのあいだ黙って僕を見ていた。そして頷いた。「別にいいよ」と彼は言った。「もう嘘はつかないでよ」彼はふたたび教室の前を向いた。

エスポジート先生がジェフの名前を呼んだ。ジェフは手を上げて「はい」と返事をした。それから先生は僕の名前を呼び、僕も手を上げた。

出欠確認が続くあいだ、僕はジェフの後頭部を見ていた。明るい茶色の髪の下に白い肌が見えた。心臓がバクバクしていた。ジェフに振り返って同情してもらいたかった。出欠確認は終わった。エスポジート先生は僕たちに社会の教科書を出すように言った。まわりの子たちは言われた通りにし始めた。僕はもう一度身を前に乗り出した。「僕の兄ちゃんはものすごく頭がいいんだ」と僕は言った。「ブロンクス理科高校に合格したんだから。ブロンクス理科高校は、全国でいちばんいい高校のひとつなんだよ」

ジェフは頷いた。彼の後頭部が上下した。

黒板の上には英語の大文字と小文字を並べた表があった。A a B b C c。兄と弟のように並んでいた。

僕は体を元に戻した。僕がジェフに打ち明けたのは、あまりにつらかったからだ。何もかもがあまりにひどかったからだ。ビルジュのことを話したら、同情して友達になってくれると思ったのだ。何かを無駄にしてしまったような気がした。

放課後、歩道に立って母を待った。迎えに来た母のステーションワゴンに乗った。介護施設に着くと、ビルジュの部屋のドアは開けられていた。窓のブラインドは上げられ、電気もつけられていた。僕たちが部屋をそのような状態にしておいたのは、何か起こったときに廊下からでも兄の様子がよくわかるようにするためだった。

母はビルジュの部屋に入ると、声を上げた。「おーい、怠け者！　おーい、くさいぞ！」

ビルジュの体がビクッと動き、ベッドのスプリングがきしんだ。

「おでぶさん！」母に続いて部屋に入りながら僕は叫んだ。ビルジュはさらにビクッと動いた。

「ほら、弟にひどいこと言われてるわよ」と母は言うと、ビルジュの肩を支えて上体を起こさせ、頭の下に枕をもうひとつ滑りこませた。

「でーぶ！　でーぶ！」と僕は叫んだ。

「ほら、『僕はでぶじゃない』って弟に言ってやりなさい」

ビルジュは口ひげを噛んでいた。顔はむくみ、薬のせいでほとんど四角くなっていた。「でーぶ、でーぶ」と僕は言った。僕はほほえんで、頭をしきりに動かした。実際より幼いふりをする――幼すぎてビルジュの悲惨な状態がわからないふりをするのは、正しい振る舞いだと思っていた。

母はビルジュの胸の上に新聞紙を広げた。ベッド脇の椅子に座ると、ゴムで覆われた長いスプーンを使って兄にバナナのピューレを与え始めた。「おいしい、おいしい」と言いながら兄の口にスプーンを押し当てた。兄はぴちゃっと唇を鳴らすと、ピューレを口に入れ、新聞紙の上にぷっと吐き出した。

それを見ながら僕は思った。赤ちゃんだって好きなものは飲み込むのに。その瞬間、冷たい罪悪感が雲の影のように僕を覆った。

翌朝、校庭で始業のベルが鳴るのを待っていると、ジェフが近づいてきた。肩にかけたスクールバッグをぶらぶら揺らし、両手はポケットに突っ込んでいた。彼は言った。「イエスのときは一回まばたき、ノーのときは二回まばたきしてってお兄ちゃんに言ってみた?」

誰にも兄のことを言わなかった理由のひとつは、まさにこういう質問をされるのがいやだったからだ。「言ったよ。でもうまくいかなかった」病院でまわりに誰もいないときに試したことがあったけれど、そのときでさえなんの効果も無いのはわかっていた。

「じゃあ『火事だ!』って叫んで逃げ出して、お兄ちゃんが起き上がるかどうか見た?」

「やったことない」と僕は口ごもった。

ジェフは僕を見つめた。「うまくいくかもよ」

「やってみるよ」僕はちょっとのあいだ黙っていた。ジェフは相変わらず僕の前に立っていた。

「兄ちゃんは天才なんだ。フランス語を二週間勉強しただけで、完璧に話せるようになったんだから」

ジェフは頷いた。まるで秘密の任務でも与えられたかのように真剣な表情をしていた。

学校のドアが開き、ジェフと僕は一緒に入った。

昼食のとき、僕はジェフと彼の親友のマイケル・ブーの真向かいに座った。ブーは中国系で、魚みたいに小さな鋭い歯をした丸顔の少年だった。「きみの兄ちゃんは全然喋れないの?」とマイケルが訊いてきた。「それとも、遅れてるって感じなの?」

顔がかっとなった。ビルジュのことを誰にも言わないようジェフに頼もうかと考えなくもなかったけれど、そこまでやらなくてもいいだろうと思ったのだ。「全然」

「じゃあどんな感じなの？」マイケルが尋ねた。

僕はフライドポテトを口に入れると、人差し指を唇に当てた。

「どこが悪いの？」とマリオが訊いてきた。マリオはマイケルのとなりに座っていた。背がとても高くて横幅もあった。上唇の上にうっすらとひげが生えていた。以前、クラスで『ユー・アー・マイ・サンシャイン』を合唱したとき、彼は泣いた。その歌を歌いながら、みんなはときどき彼をからかった。

「プールで事故にあって、脳が傷ついちゃったんだ」

「目は開けられるの？」とマリオが訊いた。

「うん」

ジェフが言った。「テレビ番組で、殺人を目撃した女の人の意識が戻らなくなっちゃうのを見たことがあるよ」

僕は真剣に見えるよう口をすぼめた。「そういうこともあるよね」

「どうやって食べるの？」とジェフが尋ねた。

責められているような気がしてきた。

「チューブが胃とつながってるんだよ」と栄養チューブのことを教えた。僕は言った。「兄ちゃんはバスケがものすごくうまいんだ。二試合プレイしただけですぐにめちゃくちゃうまくなって、誰も勝てなくなっちゃってさ。兄ちゃんがプレイすると、みんなが見に来てさ」嘘をつくことで、一方の側に大きく傾いた秤に指を置いているような気がした。

二、三日もしないうちに、クラスの誰もがビルジュのことを知っていた。それなのに休み時間になると、男子も女子も僕のところに来て、僕に兄がいるのか熱心に訊いてくるのだ。まるで秘密をもう一度暴くことができるかのように。

ビルジュのことを話すたびに、兄がどんなに素晴らしいか嘘をつかなくてはいけない気がした。和解金が少なかったということは、ビルジュはごくふつうの少年だということだ。だから、兄に起こったことが、世のなかにこれほどひどいことはない、おぞましいことだと理解してもらうには嘘をつくしかないと思われたのだ。兄ちゃんはさ、と僕は言った。燃える車のなかに閉じ込められた女性を救ったことがあるんだ。ずば抜けた音楽の才能があって、映像記憶もすごいんだから。

ときにはそうした嘘を口にはせず、ただ頭のなかでくり返した。理想の兄をでっち上げた。僕がいじめられていたことをビルジュが両親に話したことがあった。そこから、空手の達人である兄が、次々と男の子たちをぶちのめして僕を守ってくれたという話をこしらえた。そうした空想は本当のことのように感じられ、気分が昂揚した。ビルジュがいとおしくなって、部屋にいるときに兄の手と頬にキスをした。喪失の大きさに思い至り、激しい怒りがかき立てられることもあった。ちょうど人種差別について語っているうちに、父のなかで激しい怒りがかき立てられたように。

心のどこかで自分のついた嘘を不安に感じていた。嘘がばれたり疑われたりするのを恐れていた。それに、こういうふうに話をでっち上げるということは、ビルジュの身に起きたことはひどいことだと言い切れるほど、ビルジュは優れた人間ではなかったと証明しているのも同然だった。

毎朝ソファの上で目覚めると、自分のついた嘘のことを考えた。学校に行きたくなくなるのもしばしばだった。

ある時点で、ジェフがもう僕の嘘を信じていないことに気がついた。それでも、始業前に校庭でジェフのそばに行くときには、もう後戻りはできないと僕は嘘をつき続けた。「ビルジュは先生が何年も解けなかった数学の問題を解いたんだよ」とか「兄ちゃんはすごく足が速いんだ。ボールをまっすぐ前に投げてさ、ばーっと追いかけていって、ボールが地面に落ちる前にキャッチしたことだってあるんだから」とか。ある朝、学校の外に立っていたとき、ジェフに嘘をつくと、彼は一歩身を引いて、もううんざりだという顔をした。

五月に僕たちは家の頭金を払い、介護施設にはビルジュを退所させることを告げた。その日の晩、夕食を終えると、父は出かけようと靴を履いた。

「行かなくていいでしょ」と床に座ったまま母が言った。父を見上げて静かな口調で言った。

「ごちゃごちゃ言うな」

父が出かけると、僕は食器をシンクに置いた。ゴミ箱に新聞紙を捨て、『タイム』誌の束を持ってソファに座った。学校の図書館から借りてきたのだ。『タイム』を読むのは訓練のようなものだった。なぜなら、ひどく退屈だったからだ。そしてビルジュをうちで介護することになる以上、僕は退屈なことに慣れる必要があったからだ。LPレコードの音質をCDの音質と比較した記事を読んだ。ある金持ちの伝記についての書評を読んだ。その金持ちはすごくけちなのでレストランではデザートを注文しないという。ディナーの最後にはタダでスイーツがついてくるからだ。いったいどんなレストランなんだろうと思った。

母が裁縫道具入れの袋を持ってソファまで来ると、反対側の端に座った。十時頃、ドアがカリカリと鳴った。金属に金属をこすりつける音だ。以前にも一度そういう音がしたことがあった。そのときは父が電気をつけてドアのそばに立つと、「誰だ?」と叫んだ。そして泥棒が立ち去るまでドアを蹴った。

母はドアのそばに立った。「誰ですか?」と訊いた。

外廊下でくすくす笑う声がした。父の声のようだった。母はドアをぐいっと引っぱって開けた。父が廊下にかがんで、鍵穴に鍵を差そうとしていた。

父はなかに入ると、ソファまで歩いていき、その上にほとんど倒れこんだ。

「水をくれ」と父は言った。僕はシンクに行って水をグラスに注いだ。

母が言った。「横になって」母は父を立たせると、ソファのうしろのマットレスまで連れていった。僕はグラスを持っていって母に渡した。

数日後の金曜の夜、寺院に行くと、人々がたくさん近づいてきて両親の足に触れようとした。僕たちがビルジュを介護施設から連れて帰るという話が広まっていたのだ。

「立って、立ってください」と母は目の前で身をかがめる女性に言った。

父はもっとぶっきらぼうだった。「そんなことする必要ありません」

学校で僕はジェフに言った。導師(スワーミー)がロープを空中に浮遊させ、それを登って空高く消えていくのを見たことがあるよ。のどが乾いた導師が壁に触れると、そこから水がほとばしり出るのを見たことがあるよ。

ある日、昼食を食べながら、僕はジェフとマイケル・ブーに祖父から教えてもらったお伽話を話した。そしてそれはインドに住む僕のおじの身に起こったことなんだと主張した。そのおじさんはさ、鳥の言葉がわかるんだけど、ある日、二羽のカラスが殺人の話をしているのを耳にしちゃったんだよ。テーブルの上に身を乗り出してその話をしながら、いつものように自分の顔に困惑が広がるのを感じていた。「そのことを警察に話しに行ったんだ。だけど、相談された警察官たちは、おじさんが言っているようなことを知っているのは犯人だけだって考えて、おじさんを逮捕しちゃったんだ」

マイケルが訊いた。「インドのカラスってアメリカのカラスと同じ言葉を喋るの？」

その質問に僕は当惑した。ちょっとのあいだ黙ったまま座っていた。それから、なんて答えればいいのかわからなかったので、こう言った。「チャウチャウ、犬やきそば食っちゃう」

ジェフとマイケルは露骨に嫌悪を見せるようになった。六月に入り、暑くなっていた。朝、二人といつものように前の晩の『特攻野郎Aチーム』の話などをしようとすると、二人はくるりと僕に背を向けて話を続けた。一度、校庭で近づいていったら、二人は離れて行った。後を追うと、二人はもっと足早になって笑い出した。

昼休みにカフェテリアで、ジェフとマイケルの前に座っていたときに僕は言った。「新しい家に買った家具を入れはじめるんだ。学期が終わったら、すぐに引っ越しで、その二、三日後にはビルジュを家に連れて帰るんだ」

ジェフとマイケルは自分たちの話を続けていた。

「来年はフランス語をとるつもり」と、まっすぐジェフを見つめたままマイケルが言った。

「僕もフランス語をとるよ」と僕は言った。「兄ちゃんはフランス語をやってたし」ビルジュが僕のことをムッシューと呼び、それがすごく滑稽に聞こえたことを思い出した。

「スペイン語のほうが役立つよ」とマイケルを見ながらジェフが言った。

「フランスはスペインよりも重要な国だよ」と僕が答えた。

「なんか聞こえる？　僕にはなーんにも聞こえないけど」とマイケルが言った。

「スペイン語の先生のほうが優しそうだよ」とジェフが言った。

僕は言った。「毎週土曜日の朝、看護助手がビルジュの部屋に来て、股の毛を剃るんだ。だって尿カテーテルをつけてるからね。カテーテルってコンドームみたいなんだよ。カテーテルが外れないようにテープで止めなきゃいけないんだけどさ、テープに毛がくっついちゃったら困るじゃん」ジェフとマイケルは僕を凝視した。ショックを受けているようだった。

「剃られるときにさ」とマイケルが言った。「きみの兄ちゃんのちんぽこって硬くなったりするの？」

ごくふつうのことを話しているかのように、穏やかな口調で僕は言った。「ビルジュの栄養チューブは六週間ごとに換えなくちゃいけないんだ。でないと、感染症になっちゃうからね。栄養チューブはさ、くっついた二本のチューブからできてて、ここから体に入れられるんだ」僕は右の脇腹を二本の指でぎゅっと押した。「一本はもう一本のほうよりも細長くて先っぽにバルーンがついてる。チューブが二本ともビルジュの胃のなかに入ると、お医者さんはバルーンを水で膨らませるんだ。そうやってチューブが抜けないようにするわけ。栄養が流れるのは太いほうのチューブだよ。チューブを交換するときには、お医者さんは水をバルーンから抜いて、チューブを引き抜くんだ」ジェフとマイケルは僕を凝視していた。こうしたおぞましい真実を語っているうちに僕の声はだんだん大きくなっていった。「お医者さんが新しいチューブを入れるときにさ、チューブが胃の穴にうまく入らないときがあるわけ。そしたらチューブが胃の外側を引っかいちゃうんだ」僕は脇腹に押し当てていた二本の指を持ち上げると、鉤の形に曲げて、宙をかいた。「胃の外側が出血しちゃうこともあるんだ」

そのあと、理科の授業のとき――ソルト先生はビデオを見せるために電気を消していた――、僕は思いきり机の上に身を乗り出して、ジェフの耳すれすれに唇を近づけて囁いた。「最近、ビルジュはレントゲンを撮られたんだけどさ、しばらく前からあばら骨が三本折れてたことがわかったんだ。たぶん看護助手の誰かが、夜ビルジュをベッドから落としちゃって、それを黙ってたんだろうね。あばら骨が折れているのに、僕たちは何か月もビルジュを動かしたり運動させたりしていたんだ」本当のことを喋っていると、力が湧いてくる感じがした。

翌朝、校庭でマイケルに近づき、彼は別の男子と喋っていたのだけれど、挨拶もなしに僕は言った。「介護施設の患者はいつも病気にかかっちゃうんだ。それに抗生物質のせいで下痢になるしさ」マイケルは困った顔になって僕を見た。「それが夜に起きるとさ、看護助手はちゃんときれいにしてくれないんだ。うんちには酸があるからさ、朝まできれいにしてもらえないと、ここんところの肌が酸で切れちゃうんだ」半ズボンをはいていた僕は、両手で腿の内側をこすった。

「おまえ、ヘンタイだよ」とマイケルが言った。

「たしかに」と僕は答えた。おぞましい真実を口にしていると、そして耐えがたいことを目にしてきたんだと思うと、自分は強く、マイケルがひ弱に感じられた。

十五分後、教室で全員が自分の席で立ったまま忠誠の誓いを唱えていた。僕は胸に片手を当てて立っていた。五十センチほど前でジェフが同じことをしていた。

宣誓が終わり、着席する前に僕はジェフに裸の女のことを話した。「その子は兄ちゃんのところからだと廊下の反対側にいてさ。十八か十九だったかな。ボーイフレンドに首を絞められてさ、死んだと思われてクローゼットに入れられたんだ。でも死んでなかった。それで脳に障害が残っちゃったんだ」ジェフは振り返り、にらみつけてきた。「誰も会いに来ないからさ、ほとんどいつも裸なんだ。介護施設ではさ、お見舞いの人が来るときだけ服を着せるんだ。でないと仕事が大変だよ。施設に入っている人たちはいつもお漏らししてるからね。ときどきその人の部屋のドアが開いててさ。あそこの毛は真っ黒でさ、蟻の群れみたいなんだ」

僕は話すのをやめた。ジェフは何も言わなかった。不安だったのがさらに不安になっていた。片手を机の上に置いて、なにげなく体を傾けようとした。そのとき、ジェフが僕の胸の真ん中をパンチした。波にのみ込まれたような感じだった。数歩うしろによろめくと僕は倒れた。

エスポジート先生がさっと駆け寄ってきた。先生はジェフの手首をつかんだ。手は握りしめられたままだった。拳が開くまで先生はジェフの手首を振り続けた。

僕は膝をついて立ち上がった。「転びました」と僕は言った。

その週の土曜日、父と僕はジェフの家に行った。青い農園風の建物で、外壁は樹脂の羽目板に覆われていた。セメントの階段を上がったところにセメントの踊り場と網戸があった。そのうしろに青い木製のドアが見えた。

ドアが開いた。黒いジーンズをはいた、背が高くほっそりした女性が立っていた。

「私はラジンダー・ミシュラと言います」と父は言った。僕が父を連れてきたのは、ビルジュのような状態にある人と暮らすことがどれほど大変なことかジェフにはわかっていないように思われたからだ。もし誰か別の人がビルジュのことを話せば、もしかしたらジェフは同情してくれるかもしれない。僕は父に言った。ジェフは僕に介護施設に入っている兄がいることを信じてくれないんだ。でも彼にはどうしてもそのことをわかってもらいたいんだ。「アジェは」と父は目線を落として言った。「おたくのジェフの友達なんです」

僕はスーパーマンの漫画を二冊持ってきていた。それを返すのを家を訪れる口実にしたのだ。

「これ、ジェフのです」

ジェフの母親は、青いカウンターと戸棚のあるキッチンに僕たちを通した。冷蔵庫のそばのカウンターの上に、茶色の紙袋がいくつか置かれていた。マイルズ夫人が大きな声で言った。「ジェフ！」それから父にコーヒーをお飲みになりますかと尋ねた。

「水をいただけますでしょうか？」父の唇は、飲酒のせいで乾燥し、白くひび割れていた。

ジェフの母親はグラスに水を注ぎ、父はそれを一気に飲み干した。

マイルズ夫人は冷蔵庫を開け、紙袋の中身を移し始めた。父と僕は何も言わず並んで立っていた。少しして父が言った。「おたくの息子さんはうちのアジェと本当に仲良くしてくれてましてマイルズ夫人は振り向いてほほえんだ。

父は僕の首のうしろに手を置いた。ビルジュのことを話そうとしているのがわかった。父を連れてきたことを後悔した。

「アジェの兄になるもう一人の息子は、二年前にプールで事故にあって脳にひどい損傷を受けましてね。二年前の八月です」

「お気の毒に」とマイルズ夫人は言った。冷蔵庫のドアを閉めて僕たちに向き直った。目は青く、力強い男性的な顎をしていた。生真面目で、堂々として見えた。

「事故が起きたときはアメリカに来てまだ二年しか経っていませんでした。アジェは繊細な子です。おたくの息子さんとは仲良しでした」

「ジェフは優しい子です」とマイルズ夫人は言った。

「アジェは繊細な子ですから、友達を作るのが大変なんです」

マイルズ夫人は何かを言おうと口を開いた。ジェフがキッチンに入ってきた。グレーのスウェットパンツをはき、白の肌着を着ていた。片方の頬には寝ていた跡だろうか、斜めにしわが一本走っていた。ジェフは僕たちを見た。一瞬足を止め、やれやれと視線を泳がせると、歩き続けた。

僕は父の手を引っぱって言った。「もう行こう」

「きみの漫画を返しにきたんだ」と父は言い、ほほえみながら、カウンターに置かれた漫画本を指差した。「アジェの兄のことをきみのお母さんに話していたところだったんだ。アジェの兄はプールで事故にあってね、脳に障害があるんだ」

ジェフは紙袋のところに行き、つま先立ちになってそのうちのひとつを覗きこんだ。

僕はもう一度父を引っぱった。

僕たちはジェフの家をあとにした。

外は蒸し暑かった。近隣の素敵な街並みを抜けて僕たちはアパートまで帰った。通り沿いに並ぶ家々は大きく、庭がついていた。背の高いオークの木立に隠れている家もあった。

「おまえを信じないなんてあの子は馬鹿だな」

僕は何も言わなかった。木々とその背後の家々をじっと見つめていた。父に黙ってもらいたかった。

「みんな馬鹿だし、イカれてやがる」と父は言った。「寺院で女が一人、俺のところに来て、こう言いやがった。『あなたみたいにお金がたくさん貰えるのなら、息子が病気でもかまわないわ』だとさ」父は声を荒げた。「ヴィニータおばさんに言われたよ。あんたたちは感情的になりすぎだ、だからビルジュを介護施設から連れて帰ろうとするんだってな。俺は言ってやったよ。『自分の息子に感情的になれなかったら、誰に対して感情的になれるんだよ?』ってな」

信号が赤だったので僕たちは足を止めた。「あのジェフみたいな奴のことは無視すればいいんだ。ああいう奴らに同情を期待するのは、ゴミに同情を期待するようなもんだ」

ビルジュが家に戻ってくることになっていた日の朝の八時頃、ナーラーヤン氏がドアベルを鳴らした。熱心な表情にほほえみを浮かべてドア口に立っていた。「お手伝いできることがあるかと思いまして」と彼は言った。

さらに人々がやって来た。とても晴れた明るい朝だった。うちの車寄せは車でいっぱいになり、入りきらない車は芝生沿いの道路に停められた。ドアベルがのべつまくなしに鳴り、次々とお客を迎える興奮は、誰もが盛装をして朝から晩までよその家を訪問する、インドのディーワーリーのお祝いを思い出させた。

十一時頃、救急車が到着した。車寄せに停められていた車はバックして道をあけた。救急車が停車すると、二人の付添人——がっちりとした黒人とそれより背の低い白人——がビルジュを車から降ろしてストレッチャーに乗せ、車寄せの奥から玄関までのゆるやかにカーブしたセメント塗りの通路の上を運んだ。

元々はダイニングルームだったところがビルジュの部屋だった。黄色い壁に、フローリングの床、天井の中央にはプラスチックのろうそくのついたシャンデリアがぶら下がっていた。介護ベッドが小さな窓のついた壁沿いに置かれ、その窓の下にビルジュの顔が来るようになっていた。手伝いに来てくれていた人たちはビルジュを部屋に運び入れると、抱え上げてベッドの上に寝かせた。付添人たちは壁際に立っていた。ベッドに寝かされると、ビルジュは頭をもたげて呻き声を漏らし、首を右に左に動かした。暗闇の中を見通そうとしているみたいだった。母は兄の上に身をかがめると囁いた。「おうちにいるのよ」兄の顔を撫で、額にキスした。「ママはここにいるわよ」僕は立って見ていた。胸が痛んだ。僕は思った。これからどうなるんだろう？

付添人たちは帰っていった。ナーラーヤン氏がベッドのそばの両親のところに来た。彼らはじっとビルジュを見つめた。兄の顎と頬はよだれで濡れていた。窓は開けられ、レースのカーテンが風に震えながら揺れていた。ナーラーヤン氏は父のほうを向いていった。「必要なことがあればおっしゃって下さい。その通りにします」

父は兄を見つめた。父の顔はむくんでいるように見えた。ひどく驚いているみたいだった。文句を言いだすんじゃないかと心配だった。僕は尊厳のある家族でありたかった。

そのあと、午後になって、女たちはキッチンでテーブルについて野菜をきざみ、祈りを唱えた。力仕事は男たちの役目だった。エアコンを二台設置して、洗濯機を洗濯室に運び込み、レンガの上に置いた。外からは芝刈り機のうなるような音が聞こえてきた——男たちの一人が草を刈っていたのだ。わが家は、近隣から人々が集まって床にモップをかけたり花輪を作ったりして祭りの準備で忙しい寺院みたいになっていた。こんなにたくさん人が訪れてくるなんて、わが家はたいしたものだと感じ入ったりもした。

その晩は九時十時まで途切れることなく人々がやって来た。

翌日はビルジュを風呂に入れることから始まった。僕は六時頃下に降りた。ビルジュは介護ベッドの上に裸で横たわっていた。父は兄の体にココナッツオイルを塗りこんでいた。それまでスポンジを使って体を洗ったことはあっても、バスタブに入れて洗ったことはなかった。「ハロー、おでぶさん」と僕は声を上げた。僕はほほえみ、不遜な感じで歩いていった。僕は不安だった。部屋は明るく、母はベッドのそばにいて、車椅子の背もたれと座面にタオルを広げていた。

母は振り返って僕を見た。「ビルジュ、『僕は兄ちゃんだぞ。口のきき方に気をつけろ』って言ってやりなさい」母はほほえんでいた。てきぱきと動いた。タオルを平らにならすとき、母のガラス製のブレスレットはカチャカチャ鳴った。僕自身が空元気(からげんき)を出していたので、母もきっと同じだと思った。

ベッドの足のほうに僕は立った。ビルジュの恥毛は根元まで剃り上げられていた。腹は丸く盛り上がり、8の字に結ばれた栄養チューブは、女の子が頭の横につけたリボンみたいだった。

「兄ちゃん」と僕は言った。「僕、兄ちゃんみたいな怠け者、見たことないよ。人にお風呂に入れてもらうなんてさ」

タオルの準備を終えた母は体を起こした。「ほら、『怠け者なんかじゃない。僕は王様だ』って言ってやりなさい」

父はビルジュの脇の下に両腕を入れて、なかば座った姿勢になるよう引き上げた。父はうめき声を漏らした。体をかがめてビルジュの耳元に囁いた。「おまえ、なんでこんなに重いんだ？　夜中に起き出してなんか食べてるのか？　え、そうだろ？　そうだって言え。ほっぺたに食べカスがついてるぞ」

僕は笑った。ビルジュの膝の下あたりをつかんだ。母が車椅子をベッドのすぐそばまで押してきた。父と僕は三まで数え、よいしょっと兄を車椅子に乗せた。父は車椅子をうしろ向きに引いていき、ドアロから出すと狭い玄関ホールを横切ってバスルームまで押していった。

バスルームにはバスタブがあって、なかに小さな入浴用椅子が置かれていた。父は一方の足をバスタブの外に置いたままもう一方の足をなかに入れた。父は両腕をビルジュの脇の下に入れた。ふたたび僕たちは数えた。「いち、にい、さん」父はぐいっと引いて体をひねり、僕は持ち上げた。そうやって僕たちはビルジュを抱えて入浴用椅子の上に滑りこませた。

父はビルジュが前に倒れないよう、うしろから兄の胸に片腕をまわして支えた。僕は赤いマグカップを使ってビルジュの頭にお湯を注いだ。兄はだんだんリラックスしていった。蛇口のほうにピンと伸びていた両足から力が抜けていった。肩と腕にもお湯をかけた。父はビルジュの首を石鹼でこすった。肩にも泡をつけた。ビルジュは放尿し始めた――太くて、臭いのきつい黄色い筋がほとばしり出た。ビルジュが尿を終えると、父は兄を前かがみにさせた。石鹼をビルジュのお尻の割れ目に押し込んだ。灰色の水と便のかけらがバスタブに流れ落ちた。

僕は饒舌（じょうぜつ）になっていた。「二十人の敵と戦う夢を見たよ。一人をぶつと、そいつは倒れてさ、また別のやつをぶつと、そいつも倒れてさ。面白かったなあ」僕はひたすら喋り続けた。僕はほほえんでいた。目の前で起こっていることを何も目にしていないふりをしたかったのだ。

昼ごろ、父と僕は薬局に行った。僕はドキドキしていた。いったいどれだけ金が要るんだと父が母に怒鳴りつけるのを見たことがあった。お金を使うことが怖かった。一度使ってしまえば、永久に消えてしまい、二度と戻ってこない気がした。

薬局は大通り沿いの、駅から二、三軒離れたところにあった。店の前面はガラス張りだった。奥には処方せんを受けつける高いカウンターがあって、店主が座っていた。

僕は両腕を差し出してカウンターのそばに立った。父は僕にアイソカル・フォーミュラを一箱持たせ、その上にさらにもう一箱を乗せた。

「お支払い方法は？」と店主が訊いた。

「ツケで頼む」と父は答え、ヒンディー語で僕に言った。「外に行け」

僕はくるっと振り向いて急いで出て行こうとした。

「だめだ」と、やぎひげを生やした白髪頭のやせた店主が声を上げた。僕は足を止め、振り返った。

父はレシートにサインをした。左手でサインをした。ペンの動きはぎこちなく、紙にちゃんと触れていなかった。自分のサインじゃないと後から否定できるように左手でサインしていたのだろう。

帰宅すると、昼食を取った。テーブルについてお皿から食べるのは奇妙な感じがした——介護施設では、そろえた膝の上にアルミホイルを一枚敷いて、その上で食べていたからだ。その日は一日中、家中を裸足で歩き回り、キッチンのリノリウムやリビングルームのカーペットの感触を確かめていた。そして突然、施設ではずっと靴をはいていたことを思い出した。自由の感覚というものはいつも夏休みの始まりに似ていた——時計に目をやり、何度も自分が学校にいないことに驚くのだ。

僕はたびたびビルジュの様子を見に行ったが、ごくふつうの家のごくふつうの部屋に兄がいることにどうしても慣れなかった。見るたびにギョッとした。

ビルジュはじっとしていなかった。歯ぎしりをし、目をぎょろぎょろさせた。

午後遅く、僕は外に出てボール投げをすることにした。ふつうの子供なら誰でもしそうなことだ。

外は明るく、蒸し蒸ししていた。前庭の芝生の真ん中に立って蛍光グリーンのテニスボールをまっすぐ空に放り投げた。茶色のスレート葺き(ぶ)の屋根よりも高く上がり、上がるときよりもゆっくりと落ちてきた。空は抜けるように青く美しく、漫画の一場面みたいだった。僕はボールをキャッチすると、手のなかで回転させた。もう一度投げると、膝を曲げてキャッチした。さらに投げて、背中でキャッチしようとして失敗した。ボールは弾みながら転がっていった。

僕はボールを何度も何度も、ときには左手でも投げた。そうすると、ボールは斜めに飛んでいった。

ボールを投げても気分はよくならなかった。ベッドに横たわったビルジュがずっと見えていた。兄の傾いた頭のそばで、窓の白いカーテンが上がったり下がったりしていた。

Tシャツは汗びっしょりになって肌に貼りついていた。かなり前から家のなかに戻りたかったのだけれど、そうすると負けを認めるような気がした。僕は芝生の上にとどまり、ボールを投げ続けた。

業者を通じて、ビルジュに読み聞かせと運動療法をしてくれる看護助手を雇った。この看護助手は朝八時に来て四時に帰った。もう一人は夜に来て十時から六時までいた。そして一、二週間が過ぎたころ、ビルジュを目覚めさせることができると主張する奇跡の使い手たちがやって来るようになった。そのおかげで、ときどき昼間の看護助手を断わってお金を節約することができた。

奇跡の使い手たちのなかには、介護施設にも訪問に来た人もいた。その最初の人がメータ氏だった。石油関連のエンジニアだったけれど、失業中だった。朝九時になるとやって来た。まず、訓練用ベッドに横たわっているビルジュに、サフラン色のシーツをさっとかけた。訓練用ベッドは高さのある木の板で、一日のうち大半、部屋のシャンデリアの下に置かれてあった。

シーツをまっすぐに伸ばすと、メータ氏はビルジュのそばに膝をつき、祈りを捧げ始めるのだった。両手をぎゅっと重ねて、十五分かそこら祈った。頭のはげかかった色の黒い、すらりとした人で、いつもグレーのズボンと黒い靴下をはいていた。サフラン色のシーツにはオーム（ॐ）とまんじ（卍）の図柄がプリントされていた。祈りを終えると、メータ氏は立ち上がり、ベッドのまわりを動きまわった。シーツの下から腕や足をひっぱり出して、体毛がけば立つまで真剣にこすった。毛がけば立つと、手足をシーツの下に戻した。ビルジュの頭に近づくと、両手をこすり合わせ、ビルジュの耳元でパンと叩いて、叫んだ。「オーム・ナマー・シバーヤ」

メータ氏はおかしいと僕は思った。でも僕は母がそれまでにも実に多くのおかしなことに忍耐強く耳を傾けるのを見てきた。

メータ氏の最初の訪問の終わりに、母は彼に訊いた。「何か変化はありましたか?」母は玄関を入ってすぐのところに立っていた。メータ氏は階段に座って靴を履こうとしていた。

「どんなことも時間がかかるものです」と彼は言ってほほえんだ。まるで彼が教師で、母のほうは、落ち着いて辛抱強く待ちなさいと言われている神経質な生徒みたいだった。

「でも何か変化は？」

「心配なさるな。息子さんは取り戻してあげますから」

そこに立って彼を見つめる母の顔は小さく従順そうに見えた。母はもしやメータ氏の言うことを真に受けているのではないか。僕はびっくりした。そのときまで僕は、彼をうちに来させているのは、その治療とやらがタダで人畜無害だからだと思っていた。まあそれだったら試してみればいいじゃないか、と。

メータ氏が帰ると、母は訓練用ベッドに腰かけ、すりつぶしたバナナを長いスプーンを使ってビルジュに与えはじめた。兄の胸の上には新聞が広げられていた。母はビルジュの歯のあいだでスプーンを動かしながら言った。「ほら、食べて、食べてちょうだい。でないとアジェがあなたの分を食べちゃうわよ」

その様子を見ながら、その日の朝メータ氏が来たとき、母がとても興奮していたことを思い出した。母は彼に言ったのだ。「もしもビルジュを昔の姿に戻してくれたら、一生あなたの足元にかしずきます」失礼にならないようにそう言ったのだと思っていた。治療してあげると来てくれた人がお金を取ろうとしないのなら、せめて信じるふりをしてあげるべきではないかと。

母がビルジュに食べさせるのを見ていた。兄は灰色のどろどろしたよだれを垂らした。母は定期的に兄の顎をハンドタオルでぬぐった。何分かしてから僕は言った。「ねえ母さん、ビルジュはよくなるって思う?」

「神様はなんだってできるのよ」と、ビルジュから目を離さず母は言った。

父は六時に帰宅した。父はお茶を飲みながらビルジュの部屋で立っていた。かすかに汗をかいていた。僕は父のところに行き、並んで立った。頭を父の腰に押し当てた。

頭が混乱していた。ビルジュはよくなると母が言うのを聞いて、ぞっとした。ひどい孤独を感じた。

父からは、ちょうど除光液が揮発するときのような、強いアルコールが汗となって出てくる匂いがかすかにした。「なんだ? さみしいのか?」と父は言って、僕の頭を撫でた。

少ししてから、父と僕はビルジュを車椅子に乗せ、うしろ向きにキッチンテーブルまで押して行った。父はビルジュにロティとレンズ豆をすりつぶしたものを与えた。そのすぐあと、それを僕たちも食べた。ビルジュは少しは口に入れるのだけれど、残りは全部胸の上にぺっと吐き出した。それまでに何度もくり返し見てきた光景だったけれど、メータ氏が初めてやって来たその日の夜、僕は顔をそむけた。

ほぼ毎晩、母と僕はトランプをした。父は二階の自室に行き、母と僕はビルジュのベッドを挟んで座り、三人でプレイした。捨て札はビルジュの胸や腹に置いた。部屋の隅のテレビでは『ジェパディ!』(クイズ番組)をやっていた。トランプの札を扱うとき、僕たちはインチキをした。ビルジュにいちばんいい札を捨てさせるのだ。ときには兄から札を取ってしまうことすらあった。とくにその夜は、僕は大胆に振る舞う必要を感じていた。僕は大声で喋り、ビルジュをからかった。「ちゃんとやってよ! 兄ちゃんとやっててもつまんないよ」僕たちは、夜勤の看護助手が来る十時までトランプをした。

次の日も、その次の日も、さらにその次の日も、メータ氏は熱心に治療を行なった。足を出させてはこすり、シーツの下に戻すと、はい、次の足へ。それから腕——といった具合に、ベッドのまわりをきびきびと動いた。ときどき母は、僕にコーラを入れたグラスを持たせ、ビルジュの部屋に運ばせた。メータ氏は一息で飲み干した。

毎朝、母はキッチンにこもって、メータ氏のために手のこんだ昼食を作った。蒸し器がシューシュー音を立て、プーリーを揚げる油の入った鍋からは、熱気がゆらゆらと立ち昇った。キッチンにいる母を見ていると胸が痛んだ。ビルジュはきっとよくなると母は強く信じている。でもそれは、僕たちを愛していないということではないか？　僕たちの面倒をみるよりも愚かしいことを信じるほうが大切なんだ。自分が希望を持てるのだったら、僕たちが傷ついてもかまわないんだ……。

ある晩、父が母に怒鳴り始めた。キッチンでの出来事だった。ビルジュは車椅子に座っていた。父は酔っていた。顔にはしまりがなく、唇は濡れていた。「おまえは介護施設ではこんな治療は試せなかったじゃないか。ビルジュが死んだって認めたくなかったからだろ」

「何を言ってるの？」と母が訊いた。母はコンロの前に立っていた。「酔ってるのね」

「酔ってるだと？　じゃあ言え、どうして俺は酔ってるんだ？」

母は答えなかった。

「不幸だからだよ。そしておまえは俺を憐れみもしない」

母は苛立った。「もしダイヤモンドのイアリングを落としたら」と母は怒りのこもった声で言った。「あらゆるところを探すに決まってるでしょ？」

僕は日に日になるべく多くの時間を父と過ごそうとするようになっていた。夕方、帰宅した父が洗濯室のラジエーターに腰かけて靴を脱いでいるとき、僕は父のためにお茶をわかした。父がビルジュの部屋に向かうと、ビスケットを載せた皿とお茶を持って、そのあとを追った。

それを僕の手から取るとき、父は気にも留めていないようだった。父が無関心なのは自分が悪いと僕は思った。もっと父のことを大事にしておくべきだった。

六時半になると、ビルジュが口から食事が取れるよう、僕たちは兄を車椅子に乗せた。八時になると、父は二階の寝室に上がり、酒を飲んだ。僕たちはあまり話さなかったけれど、父のためにお茶をいれ、父のそばにいることで、僕たちは思いを共有しているんだと感じられた。父と仲よくなりたかったし、実際にそうだと信じるようになっていた。

父がビルジュの部屋でお茶を飲みながら静かに立っているとき、父はどうやったら僕たちの暮らし向きがよくなるかと思案しているのだろうと想像した。二階に酒を飲みに行くのは、幸せな気分になりたいときだ。それは僕の目には、困難な状況のなかでも幸福になる方法を見出す洗練の表れとして映った。

七月に僕は十二歳になった。

メータ氏の最初の訪問から一週間は、彼が治療しているところを見たいという人々からの電話が鳴りやまなかった。やって来た人のなかには知っている人もいた。ほとんどは知らない人たちだった。ビルジュの部屋に立ち、寺院で悪魔払いを見学する旅行客のように治療の様子を眺めていた。

「これこそ本当の火の供儀ですな」と、ビルジュの部屋である男が母に言った。

母は言った。「ほかに何ができるって言うんですか？」母は困惑しているようだった。母も自分が少しイカレていると思われているのは知っていた。しかし訪問客たちからすれば、母の行ないは貴く、きわめてインド的だった。そのおかげで、インド人であることが誇らしく感じられ、心おきなく寺院に行ったり、子供の成績が悪いときには叱りつけたりできるのだった。

ビルジュを見ているお客に僕はお茶の入ったカップを運んだ。そんなとき、僕は怒りと恥辱で爆発しそうだった。なかにはドル紙幣を僕の手に押し込んでくる人もいた。


三週目のある時点からメータ氏のペースが落ちはじめた。コーラの入ったグラスを持っていくと、彼は腰を下ろし、熱いものでも飲んでいるかのようにちびちびすすった。

ある午後、階段を降りていると、メータ氏に呼ばれた。訓練用ベッドの脇に立って、ビルジュの片腕を宙に掲げていた。「頭痛になったことはあるかね？」と彼は訊いた。

あります、と答えてもらいたがっているのはわかった。でも、何も考えずに本当のことを僕は言った。「いいえ」

「一度もかい？」

ちょっと黙ってから、ためらいがちに僕は答えた。「ときどきあるかな」

メータ氏はほほえんだ。「草を見るといい。毎日十分間、緑色のものを見てたら、絶対に頭痛にはならないよ」

それ以降、僕がビルジュの部屋に行くたびに、メータ氏は僕と話したがるようになった。「ちょっとそこに座って」と彼は言った。「もうすぐ終わるから」

僕は介護ベッドのとなりのローテーブルに座った。メータ氏は治療をひと通り終えると、介護ベッドに座って話した。あるとき、アメリカに来て最初の週末にペンシルヴェニアのタイタスヴィルにある石油製品博物館に行ったときのことを話してくれた。大学生のときに耳にして以来、ずっと行きたいと思っていたという。「昔の人は石油を飲んでたって知ってたかね？ 体にいいと思われてたんだよ。まあ、そうかもね。少量であればさ」

メータ氏は世界中を旅していた。ローマにも行ったことがあった。「デリーにあんな壊れた建物があったとしてもさ、白人は誰も『素敵だね』なんて言わないだろうね」メータ氏はパリにも行ったことがあった。「どの建物も国会議事堂みたいだったなあ。世界でいちばん美しい都市だよ。そこらじゅう犬のクソだらけだけどね。ずっと下を向いてなきゃいけないんだから、街が美しくたって意味ないよな」

ある朝、うちの前庭の芝生の前にメータ氏の茶色の小さなハッチバックがやって来なかった。十時に母は彼の自宅に電話した。母はキッチンテーブルのところに座り、アンテナを伸ばしたコードレスの電話機を耳に押し当てていた。僕の立っているところまで、メータ夫人が言い訳する甲高い声が聞こえた。メータ氏は病気だと母が言っていた。その声の調子から、電話をかけて尋ねたところで無駄だということがなんとなくわかった。翌日、母はふたたび電話をかけた。三日目に、母が数字のボタンを押すのを見ていると、無力感に襲われた——母は電話をかけるのをやめられないのだ。

メータ夫人の鋭い声が電話ごしに聞こえた。「ええ、まだ病気なんです」と言うと、ガチャンと電話が切られた。

母は僕のほうを向いた。顔がこわばっていた。「インドの人間はいつもこうだわ。臆病者ばかり。誤りを犯したって正直に認めればいいだけなのに、嘘をついて、こっちのせいにしようとするんだから」

奇跡の使い手たちの奇妙な言動のせいで毎日が夢のなかみたいになった。次の奇跡の使い手は、緑色の目に、しまりのない四角い顔をした、色白の男だった。カシミール生まれでフィラデルフィアに住んでいた。うちに来るのに車で二時間かかったと言った。それを聞いたとたん、この人はすぐに来なくなるなとわかった。

最初の日、部屋が暑いと男はこぼした。母と僕は卓上扇風機を三台、ビルジュの部屋の床に置き、首を上に向けさせ、左右に振らせた。

男はしょっちゅう外に出て、玄関の昇り段で煙草を吸った。そんなとき、男はまるでひどい侮辱でも受けたみたいに怒って見えた。「ああ、神様」と母は言った。「怖い人ね。家から離れてくださいって言ったらどうなるのかしら」

三日目、着いて一時間もしないうちに、男は煙草を吸ってくると言った。ところが、昇り段を通りすぎ、そのまま芝生を横切って車まで行き、乗り込むと、走り去った。

その晩、ビルジュに口から食事を与えているあいだ、母は父に、ほかに選択肢はないの、ビルジュが目を覚ますためならどんなことでも試すしかないの、と言った。「そうしなかったら、母親の資格なんてないでしょ?」

父は答えなかった。食べ物で汚れたビルジュの顔を見下ろしていた。

「母親の資格なんてないでしょ?」

やはり父は答えなかった。

「わたしは母親なのよ」と母は言った。口論がしたくて話すのをどうしてもやめられないかのようだった。

「シューバ、もし治療法があるんだったら」と、兄の顔を見つめたまま父がようやく口を開いた。

「どんな新聞にだって書かれているんじゃないか?」

その男の次は、ビルジュをターメリックの粉末入りの風呂に入れようとした女だった。ビルジュはオレンジ色になり始めた。

それから、腰の曲がった老人が来た。最初の日、彼は僕に十一ドルくれた。困惑した。お金が欲しかったからではない。お金を受け取ることで、彼のことを嫌う権利を放棄する気がしたからだ。

この老人の治療法には、兄のそばに座って、兄についての事実を黄色の法律用紙から読むことも含まれていた。彼はビルジュの頭のうしろに座り、両手をビルジュのこめかみに添えた。そうやってヒーリングパワーを自分の体から兄の体に流れ込ませようというのだ。「僕の名前はビルジュ・ミシュラ。一九六八年十月七日生まれ。大好きな趣味は、飛行機のプラモデルを作ること。将来は外科医になりたい。親友はヒマンシュ。僕はブロンクス理科高校に受かった」

やがて男はビルジュを目覚めさせようとする試みに飽きてしまった。そのうち僕に腰痛のための運動を教えようと言い出す始末だった。

「腰なんて悪くありません」と僕は言った。

母が言った。「歳を取ったら悪くなるのよ。いまのうちに教わっときなさい」

男はビルジュの部屋の床に僕を寝かせると、両足を宙に上げて、つま先を手でさわるようにと言った。

八月五日で、ビルジュの事故が起きてからちょうど二年になった。その日の朝、僕は起きると、横向きに寝転んだ。たった三分間ですべてが変わってしまったなんて信じられなかった。

その日から少したったある晩、父はビルジュの部屋でお茶を飲んでいた。僕は父に近づいて、横に立った。すごく不幸な気分だった。父はそれを感じたにちがいない。さっと僕の頭を撫でた。そのすばやい動きのなかには、僕に対する理解と同時に、何も言わずにどこかに行ってほしいという気持ちが読み取れた。少ししてから僕は言った。「父さん、僕、すごく悲しい」

「悲しいだと？」と父は怒って言った。「俺は毎日首を吊りたくなる」

ビルジュは訓練用ベッドに寝ていた。中学一年になった最初の日で、僕はちょうど帰宅したところだった。兄を見ると、大声で言った。「ハロー、でぶっちょさん！　ハロー、くさい人！今日は誰を困らせたんだい？」僕はドアロに立っていた。父と僕はビルジュを車椅子に乗せて毎朝そこを通った。僕はにやついていた。「自分のことしか考えてないだろ？」と僕は叫んだ。「こんな自己中の人に会ったことないよ」曇った日だった。シャンデリアが点灯されていた。ビルジュは薄いコットンのパジャマを着ていた。ぷっと唾を吐き、まるで何かを思い出そうとするかのように、ぐるりと目玉を動かした。「くさい！　くさい！」と僕は叫んだ。どうして叫んでいるのかわからなかった。何かに取り憑かれているみたいだった。

訓練用ベッドまで歩いていった。ビルジュの胸に置かれてあったタオルを取ると、兄の口と顎を拭いた。タオルが兄のひげに引っかかった。兄を傷つけているような感じがした。「一日中、何もしてないよね」と僕は叱った。「一日中、ここに寝て、屁をこいてるだけ」冷気のような恐怖がさっと僕のなかに入ってきた。「僕は学校に行かなくちゃいけないし、勉強してテストを受けなくちゃいけない」。喋れば喋るほど怖くなっていった。僕自身の声が僕のなかに恐怖をどんどん送り込んでいるみたいだった。

折りたたみ椅子に座り、両肘をベッドに乗せ、僕は自分の声が甲高くなっていくのを聞いていた。「ビルジュ兄ちゃん、学校に行かなくてラッキーだね。中一になるとさ、教室を移動するんだよ。小学校だと僕らがいる教室に先生が来てくれるけどさ、そうじゃないんだ」そう言ったとき、僕にとっては、新しい学校とか新しい先生というように時間が進んでいくのに、ビルジュにとって時間の経過とは、薄手のコットンのパジャマの次にフランネルのパジャマを着ることでしかないということに気がついた。すごく怖くなって、僕はガバッと立ち上がった。

訓練用ベッドに上がり、ビルジュの横に寝そべった。片腕を兄の肩の上に滑り込ませた。ビルジュの息は吐瀉物の臭いがした。兄はぴちゃぴちゃ唇をなめた。相変わらず思案に暮れているように見えた。その日まで、たしかにビルジュはほとんどの時間、病院か介護施設にいたものの、それはあくまでも一時的なものに思われていたからか、兄と僕の人生の違いもまた一時的なものだと心のどこかで考えていた。ところが、こうして学校に行き、家に帰って兄を見ていると、兄よりも僕のほうがはるかに恵まれていることは否定しようがなかった。

「命より大切な兄貴」と僕は言ってみた。そういう表現を使ったのはそれがメロドラマ的だったからだ。メロドラマ的なことを口にすれば、子供じみた愚かしいことを言っているように聞こえるし、そうすれば自分が元気であることの幸運を責められずに済むだろう。「英語の先生から、夏休みにしたことについて作文しなさいって言われたんだけど、鉛筆を持ってなかったんだ。僕って馬鹿だよねえ」喋りながら、監視されているような気がしてならなかった。誰かが僕を見ており、その人は僕があまり良い子ではないのに家族の幸運をほぼひとり占めしていることを知っている。僕はさらに子供っぽい声になって喋りはじめた。「宿題があるんだ。新学期の最初の日だよ。それでもう宿題なんだよ。小学一年生に戻れたらなあ」喋っているうちにアーリントンを思い出した。それでもう宿題なんだよ。マットレスで横になっていたことを、神様に話しかけていたことを思い出した。何も変わらなかったこと、ビルジュの状態に変化が見られないこと、僕たち自身が元気になるためにもビルジュに元気になってもらう必要があること――そうした事実に、僕はわしづかみされ、ゆっくり握り潰されていくような気がした。「勉強しないでいい点が取れたらすごくない？　ねえ、命より大切な兄貴、明日は兄ちゃんが学校に行きなよ。僕が家に残るね。学校にお弁当を持ってってたんだけどさ、中一だと弁当っていらないんだよ。男子にからかわれちゃったよ」

喋りに喋って、僕はゆっくりと落ち着きを取り戻していった。

翌朝、スクールバスの停まる曲がり角へと道を歩きながら、別れたばかりのビルジュの姿を思い浮かべた。兄は静かな薄暗い部屋であお向けに寝て、口を開けていびきをかいていた。母の姿も思い浮かべた。母は洗濯室にいて、洗濯機に昨夜使ったシーツと枕カバーを押し込んでいた。僕は兄よりも幸運であるばかりでなく、母よりも運に恵まれていた。僕は悲鳴を上げたかった。心の一部では、自分が兄のようではないことを喜んでいたけれど、母よりも幸福になりたいという思いは心のどこを探してもなかった。母よりも幸運であるということは、母とはちがうということだ。母から離れ、母から僕を遠ざける人生を生きるということだ。

学校では、罪の意識と悲しみが、濡れた洗濯物みたいに体にまとわりついた。動くたびに、何か冷たいものに触れているみたいだった。歴史の授業で、僕は四列目のいちばん前の席に座った。アンドリュー・ジャクソン（第七代合衆国大統領）が「オールド・ヒッコリー」と呼ばれていたことを学んだ。そういうことを知るとは何かを得ることであり、母と兄は貧しいままなのに僕自身は豊かになっていくことにほかならなかった。

学校には約五百人の生徒がいて、そのうちの二十人がインド人だった。三、四人は訛りのない英語を喋り、弁当を買うかアメリカ風のサンドイッチを持ってきた。残りの僕たちはカフェテリアの長テーブルに席を取った。一方の端に女子がその反対側に男子が座った。白人と黒人の子供たちは僕たちを馬鹿にした。男子たちは僕たちのそばを通るとき「うんこ！　うんこくせえ！」と言った。罪の意識と恥辱から僕は闘いたかった。自分とはちがうものになりたかった。僕は大声で侮辱した。「おめえの母ちゃんのケツの穴にぶちこむぞ。くせえのはそのにおいだよ」

一度、男子がひとり肩越しに覗き込んできて、何を食べてるのかと訊いてきた。蛇だよ、と僕は言った。そいつは僕の言葉を真に受けて、「ヘビ」と叫び出した。僕のまわりに人だかりができた。男子たちが背中を押してくるのがわかった。他の男子たちは長テーブルに沿って置かれたベンチの上に立っていた。

背の低い白髪頭の副校長先生が現われた。「きみは何を食べているんだね？」と彼は尋ねた。

「オクラです」と僕は答えた。

「一緒に来なさい」彼は男子たちを押しやり、人ごみをかき分けていった。白いコンクリートブロックの壁に囲まれた居残り室に僕は連れていかれた。

昼食のテーブルにいた、やって来たばかりの移民の子たちにすればいい迷惑だった。侮辱に応酬するなんてとんだ厄介者だ。彼らにとって、僕は静かにできない目立ちたがり屋だった。それはある程度まで当たっていた。喧嘩してやろうと思ったのは、最近やって来た彼らのようにはなりたくなかったからでもあった。そのために僕は意図的にちがう言動を取ろうとしたのだ。ほかの点でも僕は目立ちたがり屋だった。一緒に座っている男子たちに、僕のほうがレベルの高いクラスにいることをたびたび思い知らせるのだ。そうした子たちと座っているとき、インド人だからといってみんながみんな賢いわけではないことに僕は心のどこかで驚いていた。

夕方にはよく母と散歩に出かけた。歩道を歩いていると、通り過ぎていく車から、イスラム野郎（ハジ）、ガンジー、砂漠のくろんぼ（サンド・ニガー）などと罵声を浴びせられた。初めてそういうことが起きたとき、僕はどういうわけか、自分たちがののしられていることが母にはわかっていないと思った。あれは学校の知り合いで、挨拶してくれたんだよと僕は言った。その言葉を信じているかのように母は頷いた。

この夕方の散歩がだんだん億劫になっていった。行くときはポケットに小石をしのばせた。数週間が過ぎた。だんだん寒くなっていった。昼はうしろ向きに倒れるように闇に呑まれていった。空は明るいのに、わが家と通りが闇に包まれて見える夕方もあった。十月になると木々は葉を落とし、わが家は芝生の上に無防備に立ちつくしていた。

ビルジュとの新しい暮らしのいちばん大きな悩みの種は、お金だった。僕の学校が始まり、奇跡の使い手たちがほとんど来なくなったために、昼間はフルタイムの看護助手を雇わなければならなくなった。僕たちは代理店を通さないことにした。一時間あたり十二ドル近くの手数料を取られたし、もっと安い人を見つけられると考えたのだ。父は地元紙に広告を載せた。賃金は経験に基づくと広告には書いた。

長い黒髪のフィリピン人女性が面接にやって来た。彼女は訓練用ベッドのそばに立っていた。母がいくら支払うつもりか説明すると、大声を上げた。「どうして電話で教えてくれなかったの？ ここまで来るのに車でどれだけかかると思ってるの？ 黒人に同じことをしたら家を焼かれるわよ」

彼女が大声を出したとき、心臓が飛び出すかと思った。と同時に、余分なお金を使わずに済む限りは、怒鳴りつけられようがなんの問題もないと感じてもいた。

寒さのために配管がやられた。うちは井戸水も使っていた。白い洗濯機がガタガタと激しく揺れると、薄暗い洗濯室は沼地のような臭いで満たされた。

ある晩、キッチンでコンロの前に立っていた母が声を上げた。「いくらかかったってかまわないわ」

「かまわないのは、金を払うのがおまえじゃないからだ」と父が言い返した。

「これからどうすればいいの？」

「家を買おうと言い出したのはおまえだぞ。俺たちは騙されたんだ」キッチンはすごく明るかった。配管をやり直すと五千ドルかかると父が言った。室内が窓に反射して浮かび上がっていた。

父は声を上げて泣き出した。僕は仰天した。五千ドルなんて大したことないじゃないか？ 家は八万四千ドルもしたのだ。アメリカではベルトを店に返品するように家も返品できないのだろうか。

保険の心配もあった。保険会社はあらゆることにノーと言ってきた。アイソカル・フォーミュラもダメ、ビルジュが漏らしたときのために下に敷く使い捨ての青いパッドもダメ、看護助手もダメ。土曜と日曜の午後、父はキッチンテーブルで保険の書類を記入した。テーブルの上にはゴムでひとつにした手紙の束、ホッチキス、小切手帳、そして保険会社に手紙を書くための黄色の法律用紙があった。父がその作業をしているあいだ、母と僕は物音を立てないようにしていた。

中学一年になると、初めてクラス分けが行なわれた――特進クラス、上級クラス、クラス1、クラス2。そのとき僕は、自分がまあまあ頭がいいんじゃないかと思い始めた。とても頭がいいとは思わなかった――ただ、なんとかやっていけるくらいの知性はあると思ったのだ。頭がいいかもしれないと思うだけで動揺し、怒りすら覚えた。最初の学期の成績表を持って家に帰り、訓練用ベッドに横たわったビルジュを見て、オールAなんか取ったところでなんの意味があるんだと思った。それでも他の子たちよりも成績がいいのは嬉しかった。

僕のクラスのほとんどはユダヤ人で、中国人が数人、インド人は一人か二人だった。インド人といっても僕のようなインド人ではなかった。英語に訛りはなかったし、白人の子供たちの誕生日パーティーに招待されていた。

僕は中国人やインド人よりもユダヤ人の子たちに話しかけた。彼らは白人だった。そのために他の子たちよりも値打ちがあるように思えたのだ。それに、中国人やインド人といると、疑いの目で見られている感じがした――だいたい僕自身が彼らをそんな目で見ていた。移民のことなら百も承知さ。だからあいつは信頼できない。移民ってのは自暴自棄でどんなことでもやりかねない奴らだからな、と。

十一月のすごく寒いある晩、玄関のドアベルが鳴った。ドアを開けると、二重顎の男が立っていた。その背後には丈の長い冬物のコートを着た背の高い少年がいた。その男には寺院で会っていたけれど、よくは知らなかった。二人をなかに招き入れた。

キッチンに入っても男はスキージャケットを着て、靴下のまま立っていた。SAT（大学進学適性試験）が週末にあるので、息子を祝福してくれるよう母に頼んだ。「手を息子の頭に置いて下さい。それで十分です」と男は陽気な口調で話した。自分を無邪気な人間に見せかけて、反論しても仕方ないと思わせようとしていた。

母は驚いたようだった。歓迎の意を示すために座って下さいと勧めるのが礼儀というものだろう。でも母は立ちつくしていた。「そんなことをしてなんになるんです？」と母は言った。うちを訪れるお客は、子供たちのためによく両親に祝福を求めた。それは礼儀からそうしているだけだった。僕だって敬意を表わすためによく人の足に触れた。その男がしていることはちがった。具体的な事柄が起こるように祝福を求めているのだ。僕たちはほとんど聖人並みに扱われていた。

「あなたはご自分を信じてはいないのかもしれませんが、世界中があなたを信じていますよ」やはり男の話しぶりには装われた無邪気さがあった。

苦しみ、犠牲に身を捧げている人を見ると、気高く聖なる存在だと考えてしまうのは、インド人にはよくあることだった。試験の前に祝福を求めるのもふつうのことだった。アメリカでは、神を信じない不可知論者だと自認しているような親でさえ、ＳＡＴが近づくと、寺院に姿を見せた。

聖人のように扱われるのは危険な感じがした。僕たちは神の怒りを招きかねなかった。

男は息子に合図した。少年はコートをガサガサ言わせながら母のそばに急いだ。少年はひざまずいた。この人たちは母の祝福に効果があると本当に信じているのだろうか。それとも僕たちが奇跡の使い手たちの治療を試したのと同じ心境なのだろうか。

母は両手を少年の頭に置いた。母は疲れているようだった。「神様があなたの望みをすべて叶えてくれますように」

翌日の夜は、息子を連れた夫婦が訪ねてきた。知りあいだったこともあり、勝手口からやって来た。

試験の結果が公表されたあと、無邪気な話し方をしていたあの男が僕たちに近づいてきて、母に感謝した。彼の息子がとりたてて良い成績を収めたわけではなかったにもかかわらず。

母の祝福の噂は広まった。ＳＡＴは十一月、次いで一月、そして三回目が三月に行なわれた。そのたびごとに祝福を求めに来る人の数は増えた。中流階層の人たちは、まるで友達みたいに母に気さくに話しかけた。いわば保険をかけるために子供を連れてきているのは一目瞭然だった。子供のためにできることはすべてやったと安心したいだけなのだ。他の人々——僕たちのことを知らない人やもっと下の階層の人たち——はもっとかしこまった態度だった。なかでも特に貧しくて教育を受けていない人たちはビルジュの部屋に入っていくと、内側を向いた青白くむくんだ兄の足に触れた。捧げられた犠牲によって兄は偶像になったかのようだった。

子供への祝福を求められると、母は相変わらず落ち着かない様子だった。祝福を与えるときには、まるで自分の行ないから遠ざかろうとするように体をのけぞらせた。話すときにはもごもごと早口になった。たいていは結婚式で年寄りが使う言い回しを借用した。「どうぞ末長くお元気で。ご健康とご多幸をお祈りします」そうやって祝福をありふれたことにしようとしていた。

祝福を求めて来た女性のうち二、三人が定期的にやって来るようになった。週に数度はお茶をしに来た。牛乳やジュースの特売があると、何ケースも買ってきてくれることもあった。そうした女性たちは母に対してうやうやしく接し、母のことを「姉さん」と呼んだり、ヒンディー語の敬称である複数形の「あなた」を使ったりした。それに対して母もかしこまった態度を崩さなかった。親しくなることを恐れていたのだと思う。親しくなればなるだけ女性たちはわが家に長居することになり、父の飲酒を知られるかもしれないからだ。

こうした訪問者たちを、僕は心のなかで「問題を抱えた女たち」と呼んでいた。彼女たちは自分のことをそんなふうには思っていなかっただろう。ひどい結婚がしばしば人生の一部として許容され、鬱(うつ)や精神疾患が単なる情緒不安定だと見なされてしまうインドで人生の大半を過ごしてきたため、人生とはそういうものだと思っているのだ。けれども、不幸であるがゆえに、そしてときには、自分の人生が映画のなかほど、あるいは寺院でそう振る舞うよう期待されているほど完璧ではないことに当惑して、誰かに話さずにはいられないのだ。母は聖なる人だと見なされていたがゆえに、共感にあふれ、そこにいるだけで心が慰められるような人だと思われてもいた。

夫がひどく信心深くなったといって、女性が一人訪ねてきた。ハスタ夫人はかわいらしい人だった。腰まで届く長い髪に、輝く白い歯。夫はエンジニアでつい最近昇進に失敗していた。英語がうまく書けないと上司から指摘されたのだ。

夫は毎日、朝は一時間、夜は二時間、祈りを捧げているんです、とハスタ夫人は母に言った。そのとき彼女は僕たちと一緒にキッチンテーブルについていた。話すときは伏し目がちになった。「夫が一緒に座って祈るように言うと子供たちは泣くんです。好きなように祈らせてあげてとわたしが言うと、『それがおまえたちの望みなら、これが俺への神の思し召しだ』なんて言って、恐ろしい形相で子供たちをにらみつけて泣かすんです」母は慈悲深い人だと言われていたから、ハスタ夫人は、助けてほしい、夫をここに来させてほしい、と母に泣きついた。

彼は午後遅くにやってきた。そのとき母はすりつぶしたフルーツをビルジュに食べさせていた。ハスタ氏はかつては太っていたが、いまではげっそりやせていたために顔の皮膚は垂れ下がり、しわだらけだった。彼はビルジュの訓練用ベッドの足側に立って、あれこれ言いはじめた。「ヴィヴェーカーナンダ師（インドの宗教家 一八六三―一九〇二）を読んだことはありますか？」と母に訊ねた。「オショウ（インドの宗教家 一九三一―一九九〇）を読んだことは？　ほら、むかしはラジニーシって呼ばれてた人だよ」

彼が帰ると、母は言った。「プライドの高い人だったわね」

「昇進もできなかったのに、僕たちに講釈を垂れるんだから」と僕は言った。

「ああいう馬鹿な人たちはどこから湧いてくるのかしらね？」と母は吐き捨てるように言った。

特別扱いされなかったことに母も僕も内心傷ついていた。

肉食をする息子をベジタリアンにしたいといって訪ねてくる女性も数人いた。たいていは貧しい階層の人たちだった。中産階級の人たちは、アメリカで受け入れてもらえるよう子供たちがアメリカ人のように振る舞うことを望むからだ。そうした訪問がとんだ茶番になることもしばしばだった。あるとき、背が低くて肌の浅黒い、卵形の顔のディサイ夫人が、キッチンに入ってきた。十六、七だろうか、背が高くて、肩幅の広い筋肉質の息子と一緒だった。当時、僕より年上の子供はそれほどたくさんいなかった。息子のムクルを見てビルジュのことを考えた。どうしてムクルはこんなに元気なのに兄はそうじゃないんだろう。僕はムクルに対して嫌悪を感じはじめていた。

「シューバおばさんに告白しなさい」とキッチンテーブルに座ったディサイ夫人が言った。「あらいざらい喋りなさい」ムクルは黙っていた。テーブルの端のほうに座っていた。コロンなんかつけて、カッコつけ過ぎだと思った。コロンなんかつける奴は、彼女とかいて勉強なんか二の次にちがいなかった。「ほら話しなさい」と母親は言った。「あなたの恥を白状しなさい」

「なんで恥じなくっちゃいけないんだよ？」と彼は言った。

「悪い仲間とつきあってるのよ」とディサイ夫人は説明した。「スペイン人の友達しかいないのよ。ほら、わたしたちはほかのインド人よりも先にアメリカに来たでしょ。ナーラーヤンさんよりも先だったのよ。ナーラーヤンさんを車に乗せてニューヨークまで買い物に連れて行ってあげてたんだから。あの当時、ムクルを受け入れてくれたのはスペイン人と黒人の男の子たちだけだったの」

母は窓を背にして座っていた。ムクルの気持ちを変えさせようと話しかけた。「どうして肉を食べる必要があるのかしら？　メンドリだってヒヨコがかわいいのよ」

「自分のその大きな図体を見なさい」とディサイ夫人が言った。「バッファローみたいじゃない」

「ガンジー先生も肉を食べたのよ」と、もの分りよさげに頷きながら母は言った。「自伝にも書いてあるわ。一度だけ肉を食べたの。あなたも肉を食べたのは過去の話にすればいいのよ」

ムクルはテーブルをじっと見つめ、ため息をついた。

「この子は黒人とかスペイン人みたいになりたいのよ。離婚したり、盗みをしたら？ そしたらなれるわよ。さぞかしご満足でしょ？」

「お母さんの話を聞いてあげて」と母は言った。「お母さんを傷つけないで」

「なんか言ったらどうなの？」とディサイ夫人が叫んだ。「脳みそがないの？ わたしに死ねっていうの？」

「死なないだろ」とムクルは言った。不満げな声だった。僕にしてみれば、ムクルはだらしがなくて自分に甘いだけだった。

「じゃあ、おまえはチキンマックナゲットを食べて永遠に生き続けるつもりなのね？」

ムクルははーっと息を吐いた。

「おまえのためにわたしたち親が何をしてやってるか教えてあげるから来なさい」と彼女はきつい口調で言った。

三人はテーブルから立ち上がり、ビルジュの部屋に向かった。三人のやりとりをコンロのそばから黙って見ていた僕は、急いで三人のあとを追った。僕の出番だ。

三人が訓練用ベッドの脇に並ぶと、僕はベッドに上がった。ビルジュの片足を肩に乗せ、そのまま体を前に倒し、それから元に戻した。ストレッチはビルジュの物理療法に含まれていた。

「これが愛なのよ、このケダモノ」とディサイ夫人は叱った。「おまえときたら、わたしのためには何ひとつしようとしない」

立ち去る前に、彼女はキッチンで立ったまま、息子の手を自分の頭に置かせ、もう肉は食べないと誓わせた。

中学の一年目が終わり、僕は二年生になった。いまでは普段から女たちがわが家にやって来て、キッチンテーブルを囲んでお茶を飲むようになっていた。週に一度か二度は家族全員で、たいていは夕食後にやって来た。人が来てくれるのは、とりわけ夜に来てもらえるのは嬉しかった。ビルジュに食事を与えてからベッドに戻すと、母と僕はビルジュの両側に座り、父は二階の部屋に上がることが多かった。それから母と僕はトランプをした。僕はまるで海の底にいるかのような深い孤独を感じた。

訪れてくる家族はしばらくビルジュとその健康について話し、学校のことを話しあったり、インドとアメリカを比べたりした。インディラ・ガンジーの暗殺へと至る一連の問題がちょうど起きているときだったので、ときどきそういう話にもなった。

インドの話を聞くのは好きだった。すごく興奮した。心のどこかではインドなんて本当は存在しない、お伽話なんだと信じそうになっているところに、こうしてインドの話をしてもらうことで、インドが現実に存在することをあらためて確認できたからかもしれない。

父の飲酒は深刻になっていった。初めは週末の朝だけに限られていた混乱は週日にも広がっていった。ときには二日酔がひどくてビルジュを風呂に入れられなかった。パジャマのままベッドに寝て、部屋がぐるぐる回らないように片足を床にくっつけていた。そんなとき、兄を風呂に入れるのは僕の役目になった。ビルジュの上体を起こしたままバスタブのなかに立って、たるんだ胸とぴんと張ったおなかを感じながら、兄の体を石鹸でごしごし洗っていると、思わず涙がこぼれた。僕たちは良い人間ではない。かわいそうな兄は助けを必要としている。なのに僕たちにはそれにふさわしい善良さが欠けている。

両親の喧嘩はすさまじく、怒りで壁が震えるほどだった。キッチンテーブルに置かれたバナナの皮とか庭の芝生の上に一晩放っておかれたホースとか、些細なことから激しい罵りあいが始まった。怒りはあまりに唐突で常軌を逸していたので、その原因とおぼしきこととは無関係に思えるほどだった。とても現実とは思えなかった。

そうした非現実感を、目にしたもののうまく理解できない数々の出来事がさらに強くした。たとえば夜中の二時か三時に洗濯室に立って激しい怒りに身を震わせながら尿の臭いのするシーツを洗濯機に押しこんでいる母の姿。また、ベッドの父側のそば、淡い青色のカーペットに大きな染みがついていたことがあった。数日後、スクールバスに乗っているときに不意にわかった。あれは父が吐いた跡だったのだ。

母は家族に恥をかかせまいとした。それは僕も同じだった。

来客に対して母はいつも控えめだった。何も言わず話に耳を傾けた。一歩身を引いて、お客に会話の流れを委ねようとした。そうやって自分の心のうちを隠すのは賢明だと思われた。下手に注意なんか引きつけたら何が起きるか知れたものではないではないか？

来た人たちは決まって父に会いたいと言った。母は視線を下に落として答えた。「あの人はひどい疲労を抱えているものですから」奇妙な表現だった。礼儀正しいが不自然だった。「ウンハイ・バフト・ターカン・ハイ」この表現が意味するのは、彼が疲労を感じている、ではなく、疲労を持っているということだった。遠まわしな言い方ゆえに、踏み込んではいけないものが存在することが伝わった。それ以上は訊かないでほしいと訴えていた。

たいていの場合、母の希望は尊重された。男女を問わずほとんどが丁寧な物言いでこう言った。「あなたたちみたいな生活を送っていたら、さぞかしお疲れになるでしょう」それでも引き下がらない人もいて、二階に行って父を連れてくると言った。「それってダメってことじゃないでしょ？」と言った女性もいた。父に会いたいというのはお愛想だった。しつこく要求ができるくらい僕たちのことを愛している――そうやって親近感を強調したいのだ。思うに、この人はやや頭がおかしかった。映画のセリフみたいなことを言いたがるような人だった。母はその女性の言葉に耳を傾け、お愛想を受け入れるような笑みをふっと浮かべた。でも、母の態度は揺るがなかった。このメロドラマ的な女性は、僕たちが動き出すものと期待して、熱のこもったまなざしで僕たちを見つめた。母が返事をしなかったので、その女性も黙るしかなかった。そして会話は自然に別の話題に移っていった。

お客が家にいるあいだ、僕は努めていい子であろうとした。ビルジュのおかげで彼らがわが家に抱いている好意を僕のせいで台無しにするわけにはいかなかった。絶対によく思ってもらえるよう、僕はティーカップやビスケットを乗せた皿を手に家中を駆け回り、優しく気のきく子だと思われるよう、そして父のことからお客の気を逸らそうと奮闘した。

もちろん、ずっと父のことを隠しておくのは無理な話だった。父は仕事に行くとき家の鍵を持っていかなかった。ある晩、帰宅した父が勝手口のベルを鳴らした。ところがキッチンで友人のセティ夫人と楽しく会話していた母はそれに気づかなかった。父はさらにベルを鳴らし、母にドアを開けさせてなかに入ると、俺に説教でもするつもりなのかと母を非難した。「俺を馬鹿にしてるんだろう、シューバ」と父は怒鳴った。「おまえは何もかもご存知だが、ほかの奴らは何も知らないってな」

母は困って苦笑いを漏らした。キッチンテーブルに座っていたセティ夫人は目を逸らした。肌が浅黒く、くせっ毛の親切な女性だった。学校用品を買いに、僕をよくモールに連れていってくれた。「わかったわよ、おじいちゃん」と母は言った。「何をそんなに怒ってるの?」

「ミシュラさん」とセティ夫人は立ち上がりながら言った。「一日中働いて家に帰ってきて、なかに入れなかったらわたしだって腹が立つわ」わが家を助けてくれた親切な人はたくさんいたけれど、そのなかでもセティ夫人は細やかな心配りのできる人だった。必要もないのに事を大袈裟にして、人生をややこしくするような人ではなかった。

「本当に親切な方ね」と母は父に言い、人前だということを思い出させようとした。

父は汗を流しながら二人をにらんでいた。

父が喧嘩するのは母とだけだったけれど、母は僕とも口論になった。僕がトイレで本を読んでいると、金切り声を上げげた。汚らしい習慣だと思っていたのだ。僕が学校から帰って真っ先にビルジュに挨拶をしなかったりしたら、兄を避けていると非難した。ある日、車椅子に座ったビルジュに父が食事を与えているときに、僕はたまたまビルジュの横を通りかかった。兄は咳をし、食べさせられていた茶色いドロドロしたものが僕の指に飛んできた。僕は兄の胸にかけられていたタオルで手を拭いた。

「見たわよ」と母が叫んだ。キッチンのコンロのそばに母は立っていた。

「何を?」

「鼻くそをビルジュのタオルにつけたでしょ」

「つけてない。つけてないよ!」

「ちゃんとわかってるのよ」

母は僕のことが嫌いなんだ、子供を育てるのが義務だから僕を家に置いているだけなんだ——そう僕は感じるようになっていた。


ときには家族が優しさで満たされることもあった。父の誕生日には、母は父の好物を用意し、自分は朝から夕方まで何も食べなかった。そして父が帰宅して、シャワーを浴びると、僕たちは三人そろって二階の両親の部屋の祭壇へと向かった。

夕方の散歩のとき、母と僕はよく他の家々を眺めては、どんなふうにわが家を改築しようかと話し合った。大きな岩を白く塗って、前庭の芝生の中心に置くとか、木のリスを買ってきて、屋根に向かって登っているように見えるよう、家の側面にねじで留めるとか。

本を読んでいるといつも、自分が現実に本を読んでいるのか、登場人物になりきっているのかわからなくなった。ビルジュの肺炎がひどくなって酸素マスクが必要になるなど、悪いことが起こると、僕は思った——もう少し辛抱すれば読書に戻れる。そしたら時間は消えてなくなり、ふたたびわれに返ったときには困難は消え去っているか、変化しているはずだ。

自分が読んでいる本について、よく嘘をついた。好きだったのはSFやファンタジーだった。現実よりも物事が複雑でなく、満たされるところも多かったからだ。しかし、もっと有名な本——教師がもっと上級生向けだと言ったり、映画化されたりする本——を読んでいると言い張った。中三だったときの冬のある朝、外はまだ暗かったけれど、キッチンテーブルで『若きヘミングウェイ』というアーネスト・ヘミングウェイの伝記を読み始めた。伝記を読めばかなり効率よくヘミングウェイを読んだふりができると思ったのだ。僕がヘミングウェイについて知っていることと言えば、有名人で、作家だということだけだった。

伝記は、ヘミングウェイが乗った汽船がニューヨーク港に入ってくる場面から始まる。曇った日で、彼の頭上ではカモメたちが舞っている。彼は第一次世界大戦のパリからアメリカに帰ってきたところだ。ヘミングウェイがスペインとフランスに行っていたと知り、びっくりした。現実の人間がスペインやフランスに行けるなんて信じられなかった。さらにびっくりしたのは、この人が医者でもエンジニアでもないのにそんな経験をしていることだった。それまで、よい人生を送る唯一の方法は、医者かエンジニアになることだとばかり思い込んでいた。読んでいるうちにだんだん幸せな気分になっていった。旅をしたり、やりたいことがやれる人生は、実に豊かなものだと思われた。

窓の外はいつしか青い光に包まれていた。木々や近所の家々がまるで水中から現われ出たかのようにはっきりと見えた。幸福感はあまりに激しく胸が伸び広げられていくかのようだった。

その伝記を数日かけて読み終えた。ほとんどはキッチンテーブルで読んだ。読むうちに作家になりたいと思うようになっていた。以前に学校の授業で短い物語なら書いたことがあった。作家ってなんて素晴らしいんだろうと思った。注目は浴びるし、旅行はできるし、しかも医者やエンジニアである必要はない。僕が座って読んでいるあいだ、母はキッチンを出たり入ったりしていた。冷蔵庫のドアを開け閉めしていた。食事の用意をしていた。母とビルジュからかけ離れた人生を夢想していると、すごく不誠実なことをしている気がした。

伝記を読み終えたその日、僕は図書館に行った。司書にもっとヘミングウェイの本はないかと尋ねた。司書は妊娠した若い女性だったが、ヘミングウェイについての本なのか、それともヘミングウェイが書いた本なのか訊いてきた。彼の本が読みたいのではなく、どうやったら作家になって有名になれるのか知りたいだけなのだとは言いにくかった。「彼についてです」僕は口ごもりながら言った。司書はほほえんだ。嬉しそうだった。僕がヘミングウェイに学問的な関心を持っていると勘違いしたのだと思う。彼女は僕をある書架の前に案内すると、ヘミングウェイについてのハードカバーの本を十冊だか十二冊だか見せてくれた。伝記作家によればヘミングウェイの文体はきわめてシンプルということだった。それを僕はこのように理解した——作家になっても、すごく上手な書き手である必要はない。いい生活を送るにはそこそこのものが書けていれば十分なのだ。すべての本を借りた。

自分の部屋に戻ると、かりに誰かが入ってきてもすぐには見つからないようにベッドのうしろ側の床に座った。そうやっていると隠れている気分になれた。いちばん薄い本から読み始めた。論文集だった。まずは序章から読んだ。ふだんビデオをテレビにつなげるような難しそうなことをやる際には、説明書は読まなかった。失敗するんじゃないかと恐ろしく、指示をあれこれ読んでいると、不安が増すばかりだからだ。でも、書き方を学ぶに際しては、役に立ちそうなことはすべて試してみたかった。

だいたい僕は本をゆっくり読むのが好きではなかった。費やす時間の多さが自分の愚かさを証明しているみたいだからだ。今回に関しては一段落ずつ注意深く読んだ。途中で集中力が切れると、その段落を読み直した。そういうことが一ページに何度も起こった。最初の論文は、ヘミングウェイの唯一の戯曲『第五列』の物理的空間を「白い象のような山並み」という短篇の物理的空間と比較したものだった。戯曲も短篇も知らないものだった。論文で使われている用語もチンプンカンプンだった。どの文も泥沼の底でゆうらゆうら揺れる長い水草みたいだった。僕は不安に駆られながらも注意深くその論文を読み、できる限り頭に叩きこもうとした。

二つ目の論文もわけがわからなかった。読んでいるうちに、作家になれるかもしれないなどと考えたのが愚かしく思えてきた。それでも読み続けた。ときどき、はっとさせられるほど実用的なことも学んだ。ある論文によれば、ヘミングウェイが簡素な書き方でやり通せたのは、エキゾチックなことを書いていたからだ。もしありきたりなことをありきたりに書いていたとしたら、ヘミングウェイは退屈なものになっていただろう。この指摘は段落のなかほどでなされていた。

これを読んで、すごく大切なことがこんなふうに隠されていることに衝撃を受けた。エキゾチックなことを書く限りは、あまりよい書き手にはなれないかもしれないけれど、成功はできるんだな、と僕は思った。

また別の論文には、ヘミングウェイの主人公たちはみな気高いと書かれていた。そうでなければ、文章が感情を欠いているために、主人公たちは精神病質者に見えてしまうだろう、と。自分が書くときの登場人物造形に関して、これはヒントになると思った。エコロジーについての論文からは、肉体的・物理的な印象を与えるためにヘミングウェイがくり返しを多用することを学んだ。「二つの心臓の大きな川」では、ヘミングウェイは天気を暑い（ホット）と描写してから、少しあとに、登場人物のうなじを熱い（ホット）と描写しているという。同じ論文の著者によれば、ヘミングウェイの三人称で語られる物語では、肉体的・物理的な記述は段落の冒頭で与えられ、一人称で語られる物語では、段落の至るところで見られるとのことだった。また別の論文では、「と彼は言った」とか「と彼女は言った」という会話文を示す符丁がたいていの場合、セリフの最後につけられると説明されていた。ただし、人物たちがひどく心を揺さぶられているときには、「ヘンリーは言った」とか「キャシーは言った」といった表現がセリフの前に置かれ、そうすることで会話が強調されることもあるという。これには感情を抑制し、人物たちの感じていることを読者が自分でも感じる努力をするように強いる効果があった。こうしたことに気づくたびに、ひとつひとつ頭に入れた。実際にヘミングウェイを読んだらどうなるだろうかとふと考えた。もし退屈に感じられたら？

二冊目に読んだ本は最初のものより若干厚かった。またもや論者たちの言っていることがほとんど理解できなかった。しかし、それでもさらにいくつかのことを知った。ある論者は、『老人と海』には、事実としては不正確なところがたくさんあって、何マイルもの長さの釣り糸を肩からかつぐのは不可能であると書いていた。その小説は読んだことがなかったにもかかわらず、他の論文をいくつか読んでいたおかげで本の内容を知っている気がした。ヘミングウェイの誤りについて読みながら、こう思った――本のなかでたぶん大切なのは、感情的な真実なのであって、細かな事実の正確さなどではないのだ。やはり他の論者は、会話で驚かせたいときに、ヘミングウェイがいかにしてある人物に言わせようとしていた内容を、別の人物に言わせているかに触れていた。『日はまた昇る』でユダヤ人の人物が語る会話の言葉のいくつかは、もともとは小説の主人公のものだったという。そのような会話をユダヤ人の人物にさせることで主人公により深みが与えられるのだ。

これらの本を読みながら、僕は自分が変わっていくのを感じた。物語が書かれ、それらが研究される世界に自分がつながっていく感じがした。そうした感覚を得ることで僕は自分の生活から遠いところに運ばれていき、人々が楽しいことに興じて、四六時中心配事で頭を悩ます必要のない、魅力的な世界に連れていかれる気がした。

それらの評論を読み上げるまで数か月かかった。読み終えると、母にモールに連れていってほしいと頼んだ。B・ダルトン書店が二階にあった。売っているのは、だいたいが雑誌やカレンダー、グリーティングカードだった。店の正面には壁一面に雑誌が並べられ、足元には本を置いたテーブルがあった。その向こうの心理学とスピリチュアルの棚の奥に、文学のコーナーがあった。そこに行ってヘミングウェイを探した。棚のひとつ半分をペーパーバックが占めていた。僕があれこれ引っぱり出しているあいだ、母はそばに立っていた。母に見られていると思うとイライラした。母は何かと僕のやっていることを見ては非難したので、どうせ無駄使いしていると思っているにちがいなかった。それらの本は白い表紙で、闘牛士と丘と小さなボートの線画が描かれていた。図書館で借りずに買うことにした。身銭を切ればきっと読むはずだと思ったのだ。会計のレジのところで僕がこれまで誕生日ごとに貯めてきたお金で支払うのを母は見ていた。母の視線を強く感じた。

夜、食事を取っていると、僕が自分のお金で本を買ったと母が父に言った。「すごい子ね」と母は言った。「あなたのやっていることはとてもいいことよ、アジェ」母は真顔でそう言った。

僕はベッドのうしろに隠れて座ると読み始めた。ヘミングウェイが最初に出版した本から始めた。どの話も退屈だった。包囲された町でラバたちが膝を折られ、桟橋から投げ捨てられる話を読んだけれど、何も感じなかった。これまで読んできたものから、簡潔な文章は、読者に自分自身の反応を形成させるためのものだとはわかっていた。けれど、僕にはラバも桟橋もリアルに感じられなかった。そのときまで、僕はヘミングウェイについての本しか読んだことがなかった。彼の書いたものは何ひとつ読んだことがなかった。読んで好きになれなかったらどうしようと怖くて読めなかったのだ。短篇を読みながら、彼についての論考を読むのに費やした時間がすべて無駄になるのではないかと不安に駆られた。それらの短篇が好きになれないということは、僕に足りないものがあるのは明らかだった。

読みながらメモを取り始めた。読みながら何かをしていると、興味を持てない不安が楽になった。それぞれの文に含まれる単語の数を数えることにした。各文の頭に、3とか5とか7とか青いインクで書きつけた。ヘミングウェイの文においては「そして」が重要だと知っていたので、「そして」を見つけるたびにぐるりと丸で囲んだ。読んだページはどれも青い文字でごちゃごちゃになった。

僕は『日はまた昇る』を読み始めた。会話の部分になると、ページがすかすかに見えたので、「と彼は言った」「と彼女は言った」を線で囲んだり、「会話の印なし」と書き込んだりした。

第一章の最後まで行くと、また最初から読み返した。本の四分の一ほどに差しかかったところで、ヘミングウェイが読者に望んでいたと思しき仕方で僕は反応するようになっていた。小説のある箇所で、一人のたくましい裕福な男が腕を持ち上げて矢傷を見せる。僕はこの人物についての論考を読んでいた。その論考には何を感じるべきか書かれてあったので、僕はその通りに感じた——小説の二人の主要人物の存在が、彼らよりもはるかに大きな世界を持つ一人の人物によって物語の脇に押しのけられる感覚。世界の見え方が変わった——不意に立ち上がったときのような、頭がすっきりとして、部屋がぐっと広がって感じられるような身体的な感覚だった。

黙って苦しむことに重きを置いているように見えるヘミングウェイを読み続けているうちに、わが家の苦悩がひとつの物語のなかに含まれているように見えてきた。朝、ビルジュを入浴させている父を見つめながら、父のパジャマが濡れて、下着が透けて見えるまで透明になる様子を書いてみたいと思った。僕たちの苦しみが含まれる文章を書くのだと思うと、ジェフとマイケル・ブーにビルジュのことを話したときに感じた勝利感、そしてまた自分の人生を観察しているような一種の距離感を同時に経験した。

とはいえ、あまりにみっともなく奇抜で、とても文学にできない出来事も僕の生活のなかにはあった。数ブロック先で宅地造成が行なわれていた。黄色のツーバイフォーの骨組みが現われ、地面は茶色の芝生で覆われていた。ほとんど完成している家も数軒あった。家々の前には「販売中」の看板が立てられ、庭は新たに移植された四角形の芝生で覆われていた。草が所有物だとは思っていなかったからか、あるいは、そう思いたくなかったからか、しばしば父はそうした住宅まで車を走らせ、芝生を盗んだ。地面から四角い芝土を剝ぎ取り、うちのシルバーのステーションワゴンのうしろに積んで家に持って帰った。その芝土を父がわが家の庭中に敷いていると、母が外に出てきて、せめてもう少し頭を使って夜にやりなさいよ、と父を怒鳴りつけた。

ヘミングウェイを四、五か月にわたって読み続けたあと、自分でも物語を書いてみることにした。それまで英語の授業でいくつか物語を書いたことがあった。それらはみな白人についての物語だった。白人の物語のほうがずっと価値があるように思われたからだ。それに、インド人についてどのように書けばよいのかわからなかった。さまざまな家族的関係を、父方のおじと母方のおじとのちがいを、どのように翻訳したらよいのか？　ヘミングウェイを読んで僕にはわかった。こうしたエキゾチックな要素は何事でもないようにすべて脇に押しやるべきなのだ。それこそが異国的なもの（エキゾチシズム）の使い方なのだ——いちいち説明する必要なんてない。

最初に書いたのは兄の咳についての物語だった。ある晩、階下からビルジュが咳をする音がして目が覚めた。そしてなかなか眠りにつくことができなかった。僕はハッとした。こんなふうに起こされて、眠れなくなってしまうことには、読者の注意に値するだけの悲しさがあるはずだ。ヘミングウェイも、死にかけている人がそばにいるために目覚めてしまった男の物語を書いていた。そしてその男は死を目撃することを余儀なくされるのだ。

僕はベッドから起きると電気をつけた。それからスパイラル式ノートを一冊とってベッドに戻り、膝の上に乗せた。ヘミングウェイがやっているように行為のただ中から物語を書き始めた。こう書いた。

咳の音がして目が覚める。妻が咳きこんでいる。咳が止まると、彼女はうめき声を漏らす。階下では看護助手が動き回っている。介護ベッドがぎしぎし音を立てる。

妻が咳をしていると書いたのは、そっちのほうが読者が共感できるように思えたからだ。それが兄だと僕にとってはあまりに具体的すぎた。

私はそこに横たわったまま、妻が咳をするのを聞いていた。彼女が死にかけているなんて信じがたかった。

何かを書きつけ、それが現実の存在になるというのは不思議な感じがした。文が存在することで、ビルジュの咳が実際よりもどこか恐ろしくなくなった。

ベッドに座ったまま、どうやって物語を終わらせようかと考えた。紙の上でじっと鉛筆を握っていた。ヘミングウェイについて僕が読んだ論考によれば、僕がやらなければならないのはただひとつ、物語の最後に、思いもよらない、それでいて自然にも思えることをつけ加えることだった。

ビルジュが死にかけているところを想像した。それは将来的に起こることだった。想像するやいなや、死んでもらいたくないと思った。わっとビルジュへの愛が湧き上がるのを感じた。病気で、むくみきっていたけれど、兄に死んでもらいたくなかった。僕は書いた。

ベッドに横たわり、彼女が咳をするのを聞き、彼女が咳をしていることを喜ぶ。つまり彼女はまだ生きているということだからだ。やがて彼女は死に、私は病気の妻を持つ幸運な人間ではなくなるだろう。妻が咳をする男たちは幸運である。妻の咳に起こされて一晩中眠ることのできない男たちは幸運である。

書くことは僕を変えた。あとで使えるものを収集しながら自分の人生を歩いているような気がしはじめた。ハイヒールで歩く女性の足音のようなピンポン玉の音、テレビの休止画面の音のようなシャワーの流れる音。書くための材料として物事を見ることは僕を守ってくれた。ある男子が僕を挑発して「おまえ、ベジタリアンなんだろ——おまんこ（プッシー）は食わないってことだよな」と言ったとき、これは物語のなかで使えると思った。

十五歳になろうとしていた中三の終わりに、僕を含めて十一人の生徒がオールAをとった。つまり僕たちはクラスでトップの成績だった。

学校が終わった日には、カーニヴァルのような雰囲気になった。生徒たちは廊下のロッカーを空にし、書類や雑誌の切り抜き、グリーティングカードを床にまき散らした。クラスごとに掲示板に一枚の紙がピン留めされ、そこに各学年の成績上位者の氏名が印字されていた。印字された自分の名前は他人のもののように感じられた。

帰宅すると、母はビルジュに運動させているところだった。兄の腕をまるで行進でもしているみたいに上下させていた。

「母さん」と僕は言った。兄の足を手で触れて、年少者としての敬意を示した。「クラスの成績上位者になったよ」

「よかったわね」相変わらず兄の腕を上げ下げしながら母が答えた。

それ以上母は何も言わなかった。誇りと罪の意識を感じていたのが、がっくり来てしまった。

自分の虚栄心にいや気がさした——ほかに十人も最優秀に選ばれているのに自分を特別視してもらおうなんて。

家に電話がかかってきては、子供たちに僕と話をさせてやってほしいと母は頼まれるようになった。そういえば、ビルジュがブロンクス理科高校に合格したときも同じことが起きた。僕はあのとき嫉妬にかられたのだった。その子らと電話で話しながら、最優秀の十一人に入ったことなんて、アメリカに来てからたった一年半であの高校に合格したビルジュと比べたら大したことじゃないように思えた。

母と僕はよその家に招かれるようになった。僕と会って、最優秀の一人になった子がほかのみんなと見かけも話し方もそんなに変わらないとわかれば励みになるだろう、と。

ある晩のこと、僕は六歳と十歳の女の子に挟まれてダイニングテーブルに座っていた。母と少女たちの両親は僕の差し向かいに座っていた。二人とも医者だった。僕は話しに話した。グプタ氏のベンツに乗せてもらったときの父の饒舌を思い出した。

「インド人は英語でいい成績を取らなきゃいけません。数学のできるインド人はたくさんいるから、学校も数学や理科はあまり重視しないんです」

少女たちの母親が訊いた。「先生たちは、白人の子をひいきしない?」そうヒンディー語で言った。えこひいきに対する不安——インドでなら当然だ——から、インドにまだいるかのように思わずそんな話し方になっていた。

夫のほうは、僕にアタリ（アメリカのビデオゲーム）をやるかどうか、コンピューターは買ったほうがよいと思うか尋ねてきた。「タイプライターがあれば十分です」と僕は言った。妻と同様に、おどおどした話しぶりだった。

僕たちが訪問した先には、医者である二人に何の不安があるのか不思議だった。ある男は、少数ながらも僕のことを敵視しているように見える男たちもいた。また別の男は、僕の肘をぐいっとひねって「天才くん、きみはとても頭がいいんだってな」と言った。ある男は、僕を白いソファに座らせると、自分はすむかいにある白い椅子に座り、僕の知識を試そうとした。「パーセント」はなんという単語を省略したものかね？　周期表にはいくつ元素があるかね？

クラスでの成績が良かったせいで、自分が重要人物になった気がしていた。高一になると、僕はガールフレンドを作ろうとした。

リタの背は一六〇センチあった。濃い眉毛にハート型の顔、波打つ髪が肩にかかっていた。言葉に訛りはなかった。それに加えて、白人の女子生徒たちとランチを食べていたため、僕よりずっと上等な世界に属しているように思えた。

ある日の午後、僕は両親の部屋から彼女に電話をかけた。電話機を耳に当て、両親のベッドのそばを行きつ戻りつした。母がちょうど祈りを捧げたところで、祭壇には線香の煙が漂っていた。呼び出し音が鳴り始めた。

「もしもし」と少女が出た。

「リタはいますか？」と僕は訊いた。立ったまま窓の外を眺めていた。外では木々の葉の色が変わりつつあった。

「います。お待ちください。どちらさま？」

「アジェです」

「モリスタウンのアジェ？」

「同じ学校のアジェです」

「リタ」と少女が大声で呼んだ。

ちょっとしてから、ガチャッと子機が持ち上げられる音がした。

「どちらさまですか？」と別の少女が言った。

リタだと思ったけれど、確信が持てなかった。「リタ？」

「そうよ」

「アジェだよ」

「モリスタウンのアジェ？」

「ちがうよ。同じ学校のアジェだよ」

「アジェ？」

「数学の授業で一緒の」

「ああ、わかったわ」

沈黙が流れた。リタには、きみを愛してるよ、と言うつもりだった。ヒンディー語の映画を観る限り、女の子と恋人関係になるときには、恋に落ちないといけないようだったからだ。それに、会話をするよりは、愛していると言うほうが楽そうだった。「きみってすごくきれいだと思う」と僕は言った。

リタは答えなかった。僕もふたたび黙り込んだ。僕は両親のベッドの上の大きなガラス窓を見つめた。うちの裏庭はよその家の裏庭と接し、それがまた次の家の裏庭と接していた。木々の葉は金やオレンジに色づいていた。

「きみは学校でいちばんきれいな子だよ」顔と首がほてった。

「ありがとう」

「デートしたくない？」

リタは少しのあいだ黙っていた。

「あなたと？」

「そう」

「いやよ」

僕は電話をかけたことの言い訳を並べ立てはじめた。

「ボーイフレンドがいなさそうだから、訊いてみただけ」

突然、リタが金切り声を上げた。「あんた、電話を聞いてたの？」

「う、うん」僕は口ごもった。

「切ってよ、切ってちょうだい」

「ははは」と誰かが笑う声が聞こえた。

「切って」

僕は電話を切りたかった。「愛してるよ」そう言わなければいけないような気がしたのだ。

「ははは」と電話を聞いていた誰かが笑い続けた。

「かけ直すわ」とリタが言った。

「僕の電話番号を教えようか？」

彼女は電話を切った。

数日のあいだ動揺は収まらなかった。電話後の最初の数学の授業でリタを見たとき、背中全体が熱くなった。


僕は自分がどんな人間かよくわかっていた。すぐに他の女の子にアタックしなければならないと思った。そうしなければ、恥ずかしさに負けて何もできなくなってしまう。二人目に関しては、少しハードルを下げることにした。

ミナクシは別にかわいくはなかった。リタより背が低く、どこか困ったような、やつれた顔をしていた。学校の廊下を歩くときには、教科書を入れたカバンの肩紐を両肩にかけ、すごく重たいものでも運んでいるみたいに前かがみになって進むのだ。ミナクシの父親はテレビの修理店を経営していて、エンジニアだと言っていた。けれど、うちの父に言わせれば高校も出ていないのは明らかだった。僕たちがビルジュを介護施設から家に連れて帰った直後、ナイア氏はビルジュを彼の家に連れてきてプールに入れてみたらどうかと言ってきた。彼は非常に保守的な人だった。一度母が、どこだったかミナクシとその妹たちが出かけるのなら、うちの父の車に乗せてあげると提案したことがあった。すると、ナイア夫人は、うちの主人は娘たちだけで親戚でもない男性と会うのをいやがるのよ、と答えた。

ある日の午後、ミナクシが学校の階段を降りてきた。バインダーを胸にかかえ、例のごとく、つらそうに見えた。僕は階段を昇っていった。周囲には男子も女子もいて、足音と声のせいで階段の吹き抜けは騒々しかった。通りすがりに僕は言った。「愛してる」ふだん会話するときと同じ声でそう言った。ミナクシはそのまま階段を降りていった。聞こえていないようだった。

数日後、彼女がロッカーの前にひざまずいているのが、周囲に林立するジーンズを履いた足のあいだに見えた。そこまで素早く歩いていくと、彼女の髪に紙きれを落とした。彼女は怒ったように頭のてっぺんをつかんだ。ぞんざいな扱いを受けることに慣れた人の仕草だった。そういえば僕も、ロッカーの前にしゃがんでいたときに唾を吐きかけられたことがあった。「愛してる」と紙には書かれていた。

しばらくのあいだ、正体を明かすことなくミナクシに愛していると言おうとした。僕たちは体育の授業で一緒だった。

大きなだぶだぶのショートパンツをはいて、バスケットボールをついている彼女の脇を走り抜ける瞬間、「愛してる」と囁いた。聞こえたと思えるときもあった。そんなとき彼女は口を開けて、きょろきょろあたりを見回した。

愛してるとミナクシに言ったり、メッセージをロッカーの扉の隙間から滑り込ませたりするのは、冒険をするのと似ていた。それでも、愛していると言うときはひどくドキドキするので、こんな思いをさせるミナクシに腹が立ちもした。

そういうことを始めて一週間が過ぎたころ、廊下を歩いていると向こうから彼女がやって来た。廊下は混んでいて騒がしかった。ガヤガヤ声がして、ロッカーのドアがガタピシ鳴っていた。このまま廊下をミナクシのほうに歩いていって、耳元で愛してると囁き、そのまま気づかれずに立ち去れるものかどうか考えていた。

ミナクシは僕を見ると、足を止めた。僕は近づいた。僕たちのあいだの距離は一メートルもなかった。彼女は光沢のあるピンクのブラウスを着ていた。「アジェ」と彼女は言った。僕は足を止めた。彼女はぐっと身を寄せてきた。傷ついているように見えた。「わたしに愛してるって言ってるのはあなたなの?」

彼女が自分の親に言うのではないかと不安になった。そしたらうちの母にバレてしまう。けれど、ガールフレンドを作る機会をみすみす逃してしまうわけにはいかない。「そうだよ」

「いいわ。放課後に話をしましょう」彼女は立ち去った。

即座に僕は後悔した。僕にとって、あらゆる人間関係は深刻で、義務に縛られたものだった。そういう関係を持つことになるのだと考えると、急に重荷に感じた。

学校が終わると、ミナクシと僕は校舎の正面玄関の外で会った。黄色いバスが、U字形の車寄せに何台か並んでいた。僕たちは道路に向かって歩いた。初めは何も喋らなかった。口がカラカラに乾いていた。道路に出ると、右に曲がって彼女の家の方向に向かった。歩道はゆるやかな上り坂になっていた。僕らは二人ともカバンを背負って前かがみになった。

やっぱり心のどこかでは、「うちの母に言うからね」とミナクシから脅されやしないかと気が気でなかった。つきあおうとした女子からそういう目にあった男子を僕は知っていた。

ミナクシは僕のほうを見ることなく言った。「うちの父はわたしを電話に出させてくれないの」ということは、僕のガールフレンドになってもいいということか。ほっとした。「うちの両親も僕が電話に出るのをいやがるよ。男子からの電話は別だけど」

「わたしにボーイフレンドがいるって誰にも知られたくないの。誰かがうちの母に言ったら面倒なことになっちゃうから」

「同感。みんな噂好きだからね」

「まず勉強ね」

僕は頷いた。「同感。愛とか結婚はちゃんと勉強をやり終えて、ちゃんと仕事を持ってからの話だよね」

「話をするだけだったらいいわ」とミナクシが言った。

「でも、もし二人っきりになって誰にも聞かれていないとしたら……」

「結婚するまでセックスはしたくないの」

「キスもしたくないよ」やってもいいことのハードルを上げることで、自分をより魅力的で信用に足る人間に見せようとした。

僕たちは話すのをやめた。空気はひんやりとして湿った土の匂いがした。それが素晴らしく感じられた。通りの角に差しかかり、横切った。反対側に着くとミナクシが言った。「もし犬を飼うとしたらなんて名前をつける？」

むかし犬を飼いたいと思ったことがあった。犬を飼えば、悲しいときにペットをぎゅっと抱きしめるテレビの男の子みたいに、白人っぽくなれると思ったのだ。想像のなかで、その犬にスカウトとかゴールディーとかアメリカっぽい名前をつけた。いまガールフレンドがいる前提で犬のことを考えると、白人の犬の名をつけるのは不誠実な感じがした。それだと、インド人の犬ではなくて白人の犬に愛情を注いでいるみたいだ。きちんとした大人の振る舞いとはとても言えない。

「インドっぽい名前かな」と僕は言った。

「わたしも」

ミナクシは黙った。僕たちが歩いていた道はカーブに差しかかった。少ししてからミナクシが言った。「あなたのガールフレンドになるわ」

「やった」と僕は言って、足を止めた。「もう戻らないと」

「電話はしないでね」と彼女は言った。「父も母も怒っちゃうから」

「わかってる。かけないよ。きみもかけてこないでね」


数週間のうちに、僕とミナクシはキスをするようになっていた。どうやったら、約束を破ったとは思われずにそこまで持っていけるのかわからなかった。そこで僕はハアハアと喘ぎながら、ミナクシに慰めてほしいというようにビルジュの病気のことをほのめかしたのだ。

学校の後方には、陸上競技のトラックに囲まれたサッカー場があった。その奥に林があった。主にカエデと野生のリンゴからなるこの林は、イチャつくところのない生徒たちが行く場所だった。ある日の午後、ミナクシと僕は林に入っていった。とても寒い日で、落ち葉が足首まで積もっていた。木々のあいだに校舎が遠く見えるくらいまで離れると、僕たちは足を止めた。

初めてのキスに僕は興奮していた。そして、ミナクシを利用していると感じてもいた。彼女が林まで一緒に来てくれたのは、僕を慰めたかったからで、彼女自身がキスをしたかったからとは思えなかった。

ミナクシは膝まで届く長い青のパーカーを着ていた。僕は青のスキージャケットを着ていた。僕たちは抱きあった。上着がキュッと鳴った。心臓がバクバク言っていた。うつむいて顔を彼女の顔に近づけた。彼女の体の温もりと、彼女が食べたものが発するスパイスの匂いに驚いた。あ然とするくらい彼女はリアルで謎めいていた。

相手に息を吹き入れないのが正しいキスのやり方だと僕は思い込んでいた。僕たちは何度もキスをした。そのあいだずっと息を止めていた。青い火花が目の前でチラチラしていた。

学校は二時三十五分に終わり、看護助手が帰るのは四時だった。それまでに帰宅しなければならなかった。空がなんとなく新しく見えた。すごく幸せだったのでだんだん足早になっていた。僕にとっては万事が順調だ。いつかきっとすべてがよくなる。

ビルジュはシャンデリアの下の訓練用ベッドに寝ていた。兄を見て、クイーンズのアパートを思い出した。兄のガールフレンドが階下に来たときのインターフォンの音を思い出した。ナンシーの長い黒髪。いま彼女はどうしているんだろう。

ミナクシと僕は毎日キスをした。一度、雨が降って外には出られないなと思っていたら、「傘を持ってる」と彼女が言った。それを聞いて、聞き間違えたのかと思った。彼女もキスをしたがっていたなんて信じられなかった。

僕はミナクシに対してアミターブ・バッチャンのように振る舞うつもりだった——寡黙で、謎めいた男。ところが、いったん話し始めると止められなかった。林に行って、息をするために彼女から顔を離したとたん、もう喋り出していた。キスがしたいのと同じくらい喋りたかった。

初めのころは、憐れみをかき立てたり、自分を格好良く見せたりするようなことばかり喋った。ビルジュがすごく頭が良かったこと。毎朝兄をお風呂に入れていること。そして介護ベッドに戻されると、体がほかほかでリラックスした兄がしばしばおしっこを漏らすこと。けれど、しばらくすると、自分でもどこか認めないようにしてきた本当に悲惨な事柄を彼女に話すようになっていた。

ビルジュは肺炎にかかると、何度も痙攣を起こした。それがさらに脳を損傷させることになった。痙攣の起こる前であれば、大きな音がしたら、その方向に頭を向けていた。それが音がしても何も反応しなくなった——唇をくちゃくちゃ吸いながら思案に暮れているように見えた。以前、ビルジュは車椅子にほぼ真っすぐ座ることができた。それがいまでは座らせると、ドサッとくずおれるようになった。真っすぐ座らせるためには、ベストのようなものに兄の両腕を通さなければならなかった。そのベストには背中の部分はなかったけれど、両側に長いストラップがついていた。それを使ってビルジュを車椅子に縛りつけるのだ。

僕がふだん学校の自動販売機を使うことはなかった。お金を使うと不安になるからだ。ミナクシに兄のこうしたさらなる脳の損傷の話をするたびに、僕は校舎に戻り、アイスクリームをひとつ買った。彼女に話をするのは、ひどく大きなストレスを解放することに似ていた。アイスクリームを食べるのは、いわばショックのあと座り込むようなものだった。

僕は恋をしていた。ミナクシは優しく素晴らしい子に思えた。花束のように両腕に抱えこむことのできる彼女の小さな体は、この世でもっとも驚くべきものに思われた。彼女を愛していると、僕は怖くなった。彼女に言っていないこともあった。あまりに恥ずべきことだからだ——父の飲酒、母の理不尽さと意地の悪さ。僕は家族にもとづいて自分が評価されると思っていた。だから両親のことを話さないことで、自分を実際以上によく見せようとしている気がした。

ミナクシとキスをして帰宅した僕は、訓練用ベッドの上の兄を見て、ときに怒りを覚えることがあった。どうしてすべてがうまく行ってくれないのか理解できなかった。誰かを、あるいは何かを傷つけたかった。僕に傷つけることができるのは、ミナクシとの関係だけだった。

プリヤは僕より背が高かった。すごくやせて、くちばしみたいな鼻をしていた。僕たちは生物の授業で一緒だったけれど、それまで数回しか話したことがなかった。けれど、父親が医者で、とても勉強ができる子だということは知っていた。しかも彼女はリタや白人の女子たちと一緒に座っていた。

僕はプリヤに愛していると言い始めた。階段でそばを通りすぎるとき、そう囁いた。小さな紙きれを彼女のロッカーに滑り込ませた。紙きれには詩を書いていた。それを四、五回くり返したころ、プリヤが生物の授業のときに近づいてきた。僕は教室のうしろの掲示板のそばに立っていた。

「これを書いたのはあなたなの?」紙きれを突き出して彼女は尋ねた。

授業はまだ始まっていなかったけれど、ほぼ全員がそこにいた。その存在がひしひしと感じられた。ミナクシにバレてしまうと思った。

「ちがうよ」と僕は言った。

プリヤは笑った。「リタに告白したんだってね」

僕は何も答えなかった。

ときどき週末になると、両親は寺院や祈りの儀式に行くために午後家をあけた。そんなときにミナクシはやって来た。まずビルジュの部屋に行き、兄に挨拶をした。そうするときの彼女はとても真剣に見えた。それから僕たちは二階に行った。服を着たまま僕のベッドに横になってキスをし体をこすりつけ合った。こんな素晴らしいことを自分がやれるなんて信じられなかった。

ミナクシは未来を体現しているように思えた。ここから逃げられるかもしれない――そう思うと僕は、母に対して優しくなれるどころか、ますます簡単に苛立つようになっていた。そのころには母と僕の二人で朝ビルジュを入浴させることが多くなっていた。その間、ほとんどいつも僕たちは喧嘩した。インドの両性具有者（ヒジュラー）は、訪問先の家から金を貰えるまではどんなことでもやると示すために、服を脱ぎ始める――そんな話が念頭にあったからだと思うが、ある朝、ビルジュの部屋で、僕は自分の服を一枚いちまい脱いでいった。ちょうど兄を風呂に入れて、石鹸でお尻を洗ったところだった。そのとき母に言われたのだ。おまえが兄さんを嫌っているのはわかってるわ。兄さんのために何かするとしても、それは愛情からではなくて罪の意識を感じているからよ。

「ちっとも恥ずかしくなんかないね」裸になると、僕は叫んだ。

母は畳んだタオルを胸に抱えて、ベッドの足側に立っていた。ショックを受けた顔で僕を見た。いい気味だった。僕たちはしばしばたがいに対してとことんひどいことを言ったりやったりした。少しして母は首を左右に振った。「ビルジュが元気だったら、出てけって言うところよ。とっとと出て行けって。そのくだらない成績を持って、どこでものたれ死んだらいいのよ」

母に最後まで言わせるつもりはなかった。「こんなに成績がいいのに、それがどうしてくだらないんだよ？」


飲酒がひどくなっていく父の助けはほとんど当てにできなくなり、母と僕が日々喧嘩に明け暮れていたあいだに、わが家はだんだん有名になっていった。それは、僕の優秀な成績がさらなる関心をわが家に引き寄せたからだけではなく、インド人コミュニティが拡大していったために、関心を傾ける人の数が単に増えたからでもあった。

ヒルトップ・アパートメンツと呼ばれる、いくつもの茶色のれんが造りの建物が一列に並んだ巨大な団地が、うちから一キロ半ほど離れた交通量の多い大きな道路沿いに建設された。ヒルトップの住人のほぼ全員が、最近アメリカに移住してきたインド人だった。車を持っていない彼らが道路脇を歩いている姿を、スクールバスの窓からよく見かけた。Kマートや雑貨店で働くヒルトップの女たちは、透明のビニール製バッグを提げて寺院にやって来た。そういう人たちがわが家を訪ねてくるようになった。ヒンディー語も英語も話せない人ばかりだった。うちに来るときは、寺院にお参りするときのようにココナッツやバナナを持ってきた。たいていの場合、何も言わないか、知っているいくつかのヒンディー語――ナマステ(こんにちは)、息子(ベータ)、嬉しい(クーシュ)――を言うだけだった。女たちのなかには、ビルジュの部屋に入ると、まず兄の足を両手で握り、それからお辞儀して額で兄の足に触れる人もいた。

父は一晩中酒を飲むようになっていた。毎夜のように三時か四時ごろ、父が廊下に出てくる音で目が覚めた。二階のバスルームは僕の部屋のとなりにあった。父はスコッチのボトルをバスルームの洗面台の下に隠していた。廊下がギシギシ言う音で目が覚めないときは、電気がつけられて蛍光管がジジッと鳴る音で目が覚めた。

バスルームのドアの木材は膨張していた。ある夜、ドアがバタンと閉められる音がした。なかなか眠りに戻ることができず、まんじりともせずベッドに横たわっていた。激しい怒りを覚えた。僕は部屋から暗い廊下に出た。白い光の筋がバスルームのドアの下から漏れていた。父を怒鳴りつけたかった。ドアを叩いた。「誰だ？」と父がろれつのまわらない声で言った。

「入ってもいい？」

僕はドアを押した。父は窓のそばに立っていた。グレーのパジャマを着ていた。顔はたるみ、目はぼんやりとしていた。窓が開いていた。しっとりとした春のそよ風が吹き込んでいた。父のしまりのない顔にはなんとも形容しがたい強烈な現実感があって、それを目にしてしまうと怒る気が失せた。「気分はどう、父さん？」と僕は訊いた。

「すごく幸せだよ」と父は答えた。ほほえんでいた。

また別の日の朝は、ただならぬ気配で父に大声を上げる母の声で起こされた。僕は両親の部屋に急いだ。

「仕事をなくすわよ」と母が叫んだ。ベッドの足側に立った母の前に寝転んだ父の姿があった。

「みんな俺と変わりゃしないよ、シューバ」と父がもごもご言った。「お役所なんだから」

「保険が下りなくなるわ！　ビルジュが外に放り出されてしまう」

「俺は組合に入ってるんだ。『会合に参加してくれないか』って言われたらな、『食い物はあるのか？　食い物があるなら行ってもいいぞ』って言ってやるんだ」

父はほとんど毎日遅刻するようになっていた。昼ごろ家を出ることもあったし、仕事に行かない日もあった。学校から帰って、家の前に父のステーションワゴンがあると、胸が締めつけられた。ビルジュの部屋に行くと、訓練用ベッドのそばに座って兄に何かを読み聞かせている母が、険しい顔つきをしている。そういうときは話しかけないようにした。母から怒鳴りつけられるのは御免だった。二階の自分の部屋に上がり、机でヘミングウェイを読んだ。ヘミングウェイはアル中だったし、彼の登場人物たちもしばしば大酒飲みだった。けれど、彼らの飲酒には真実味がなかった。何も問題が生じないからだ。漫画の登場人物たちが崖から落ちても怪我ひとつしないのと似ていた。ヘミングウェイの嘘を見つけたことで、自分が彼よりも優れている気がした。そしてこのちょっとした優越感は怒りと軽蔑へと変わり、怒りは心地よかった。

ある時点から、父は週に一日か二日は欠勤するようになった。父は保護観察下に置かれることになった。父が母に言った話では、父はオフィスで上司と組合の代表者、そして人事部のひどく太った男と面談したのだった。父に対して申し立てがなされたことを証明する書類にサインする羽目になった。

父がサインすると、上司が言った。「きみが酔って出勤しようがかまやしない。とにかく仕事には出てくるんだ」

「それだけで済むと思うな」と太った男がつぶやいた。

父は指図されるつもりなど毛頭なかった。「力を見せつけたいってか」と父は上司に嚙みついた。「わかってんだぞ」

それを聞いて母は言った。「ほんとに力を持ってるのよ」

「俺は奴隷になるつもりはない、シューバ。おまえの奴隷にもビルジュの奴隷にもな」

「そうやってあなたはいつもビルジュを巻き込むのね」

数日後、学校から帰宅すると、父がキッチンテーブルに座っていた。背を窓に向けていた。紅茶を飲もうとしていた。手がブルブル震えていた。

テーブルのそばには母が立っていた。「父さんはもうお酒を飲まないんだって」僕にも信じるふりをしろということだったのだろうか。僕たちはビルジュの部屋に行った。薬の副作用で兄の頰はニキビで覆われていた。ニキビは気泡だらけの塗装のようになっていた。けれど、誰もそんなものがあるとは思わないから、ぱっと見には、赤い頰をしているようにしか見えなかった。

父は片手をビルジュの額の上に置くと、ビルジュの命にかけてもう酒を飲まないと誓った。なんだか両親が仕組んだメロドラマを見せられているような気がした。

「父さんを助けてあげなくちゃ」と母が僕に言った。父さんは日中は飲まないでいられるけれど、夜になったらひどく飲みたくなるのよ、と母は言った。お酒なしでは眠れないのよ。

その夜、ビルジュに食事を取らせると、僕たち三人は兄の介護ベッドを囲んで座り、夜間の看護助手が来るまでトランプをした。父のあとについて母と僕も二階に上がった。母は紅茶のポットを、僕はお盆を運んだ。お盆には、ビスケットと甘い物の入った皿、そしてナッツと各種の塩味の揚げパンの入ったボウルが所狭しと並んでいた。

寝室に入ると、母はドアのそばの電灯のスイッチをパチンと入れ、寝室用ランプもつけた。部屋が明るくなった。化粧だんすの上には鏡があって、その鏡と窓に映った僕たちの姿で部屋が混みあっているように見えた。母はリモコンをテレビに向けて電源を入れた。テレビの音で部屋がさらに混雑して感じられた。

みんなでベッドの上に座り、皿に囲まれてトランプをした。父はあぐらをかき、うなだれ、絶望しているように見えた。

母が僕に学校の様子を尋ねてきた。

「今年は去年よりも一番になるのがむずかしくなりそう」と僕は言った。こんな茶番に参加させられて腹が立った。

「もう言い訳？」

「ほんとなんだって。年々、むずかしくなってくんだから」

何時間か過ぎた。午前二時ごろ、疲れた母は父のほうを向いて訊いた。「眠い？」

「いいや」

母はビデオテープをデッキに入れた。僕は皿とカップを片づけた。電気を消して、父をまん中にしてベッドに横たわった。テレビが僕たちの上に光を投げかけていた。

その夜、父は酒を飲まなかった。翌日の午後五時ごろ、父は電話をかけてきて、いまから職場を出るので六時には家に着くと言った。そうやってちゃんと帰宅を伝えてくることからも、父は本気で酒を飲むまいと努力しているように思えた。

その二日目の夜も、僕は両親とともにビルジュのベッドを囲んで座った。そして十時ごろ、お茶とお菓子を持って、みんなで二階に上がった。

二日、そして三日と、父が酒を飲まない日が続いた。僕は奇妙な昂揚感を覚えるようになっていた。学校では、父と一緒に二階に上がっていく自分たちの姿を心のなかで思い描いた。それを楽しみにするようになっていた。


数か月のあいだ父は酒を飲まなかった。僕の記憶のなかでは、この時期は輝いている。高校の一年目が終わり、僕はふたたび一番になった。夏が始まり、僕は十六歳になった。その数か月は、夜になってもなかなか眠れないくらい幸福を感じていた。眠いのは眠いのだけれど、幸福が邪魔をした——ちょうど太陽の光でいっぱいの部屋で寝るときに光が気になって仕方ないように。

仕事から帰った父は静かだった。服を着替えに二階に上がったまま降りてこないこともあった。様子を見に行くと、たいてい呆然とした感じで自分のベッドの端に座っていた。昔の父に戻るのは、母と喧嘩をしているときだけだった。「どうだっていいんだろ。自分だけが正しくて、あとの奴らはみんな馬鹿だと思ってんだからな」それでも以前に比べたら喧嘩の数はずいぶん減った。これはひとえに母がすごく我慢していたからだと思う。父に怒鳴りつけられても、黙って聞くだけで言い返さなかった。あるとき母が父に言った。あなたがやっているのはすごく大変なことだから、やり通せますようにって毎日祈ってるの。

生活の変化を僕は喜んだ。朝、父は二階から降りてきてビルジュを風呂に入れた。夜、父と母が大声で罵り合うこともなくなり、看護助手が階段の下にやって来て、「奥さん、奥さん」と甲高いひきつった声で叫ばなくてもよくなった。

父が酒を飲んでいるんじゃないかと僕はずっと不安だった。父が帰宅して二階に上がるとき、手すりに手を置いていないかどうか注意して見た。そうやって支えが要るときには酔っているからだ。夜、バスルームのふくらんだドアがバタンと閉じられる音がすると、洗面台の下をチェックしてスコッチのボトルがないのはわかっていたけれど、僕は目覚め、そのままじっとしていた。

秋のある日の夕方、六時になったのに、父のシルバーのステーションワゴンが戻ってこなかった。母と僕はビルジュの部屋に行き、兄を抱えて車椅子に乗せた。僕はキッチンまで車椅子を押して行き、テーブルに寄せると、兄にすりつぶしたロティとレンズ豆を与えた。

七時が過ぎた。「何があったのかしら」と不安そうに母は漏らし、きゅっきゅっと小さな輪を描くようにカウンターを拭いていた。

僕たちはビルジュをベッドまで押して行った。テレビがついていた。ビルジュをベッドに寝かせると、その両側に座ってトランプをした。ビルジュはぷっと唾を吐き、見えない目をぐるぐる動かした。

九時ごろ父は帰宅した。母と僕はリビングルームの窓のところに立って、車が入ってくるのを見ていた。人前で父が酔っているのを見られるのを嫌がる母は「看護助手がいなくてよかったわ」と言った。

少ししてから母は父を慰めた。「こういうこともあるわよ。つねに完璧な人なんていないもの。一度や二度の失敗なんてふつうよ」

父はシンクのそばに立っていた。陰うつな顔には赤味がさしていた。「ごちゃごちゃ言うな」と父は小声で吐き捨てた。

「食べる？　何か食べましょ」

「ほっといてくれ」

それから一週間、父はアルコールを遠ざけた。夜のあいだ僕たちがそばで起きていなくても酒を我慢した。

その一週間が過ぎると、父はふたたび飲みはじめた。すべてがまったく元通りになった。父は片足を床に垂らしてベッドに横たわり、そばに立った母が大声を上げている。僕は父をつかみ、引っぱり上げようとしながら、お願いだから立ってよ、と言う。父が飲んでいない時期があったなんて、ときどき信じられなくなった。僕の記憶では、終わったばかりの夏は、もうはるか昔に過ぎ去ってしまったかのようだった。

高二になって、僕はＰＳＡＴ（ＳＡＴの予備試験）を受けた。進路指導カウンセラーと面談して、どこの大学を選べばよいか助言をもらった。

ミナクシと僕は定期的に映画に行った。僕たちは親には友達に会うんだと言って別々に映画館に行った。幸せだった僕は、両親を不幸であるがゆえに見下していた。金持ちが貧乏人が貧乏なのは自業自得だと考えるように、両親の不幸を自業自得だと思っていたのだ。

家では、次々と恥ずべきことが起こった。深夜、ビルジュの部屋でテーブルランプが投げかける小さな光の輪のへりに座り込み、ハイチ人の看護助手が見ている前で自分がどんなに幸せか語る酔った父……。

父は酒を飲むのが好きだった。飲酒は自由であり、心に平穏をもたらすんだ、と父は言った。どこを見ても厄介事ばかりだが、酒を飲むと、アルコールのおかげで救い出されるような気がするんだ。体重が軽いのが残念だとも言った。もっと重けりゃ、くたばるまで浴びるほど飲めるんだがなあ。酒をまたやり始めたとき、飲むのはやめられないと悟ったんだ、とも言った。もう俺は飲むしかないんだ。スコッチのボトルを口に持っていくと、飲むのをやめたくても手が勝手にボトルを唇に押しつけてくるんだからな。誰かほかの人間の手みたいだよ。

つねに二日酔いであるというのはひどい体験だった。父によれば、朝、駅に向かって車を運転しながらラジオを聞いていると、ラジオで喋っている人たちは別の国から放送しているみたいに感じられるというのだ。俺は戦争が起こっている国にいて、あいつらは平和な国から放送してるんだ。

ある晩、バスルームで酒を飲んでいた父は突然、裏庭の雪のなかに立ちたいというロマンチックな衝動に駆られた。一階に降りると外に出ていき、静かな星空の下に立った。雪は五センチほど積もっていた。父が履いていたのはゴムのスリッパだった。雪は気にならなかったな、と父はあとから僕たちに言った。そこに立っていることに大きな誇りを感じていたのだ。ずいぶん遠くにきたもんだと父は思った。インドでは雪なんか一度も見たことなかったからなあ。俺の親父も、親父の親父も。それがいまは毎年雪が降る国に住んでるんだ。

父はしばらく雪のなかに立っていたが、座ろうと思い、実際にそうした。最初、尻が冷たかったが、そのうち気にならなくなった。

看護助手に僕たちは起こされた。「奥さん」と階段の下から呼ぶ声がした。僕は横向きに寝たまま、母と看護助手が話すくぐもった声を聞いていた。

父は勝手口のドアを開けっぱなしにしていたのだ。そのおかげで、半分使用済みのアイソカル・フォーミュラの缶を冷蔵庫に取りにキッチンに入った看護助手が気づいたのだ。

「死ぬところよ」と父の背中をタオルでさすりながら母が言った。父は下着姿でベッドの端に腰かけ、お湯をはったバケツに両足を入れていた。

ひと月が過ぎた。父は酒を飲み続けていた。ある夜、家に帰ってこなかった。

「電車で寝ちゃったのかもね」と僕は言った。母と僕はリビングルームにいて、空っぽの車寄せを見つめていた。

「なんて人生なのかしら」

十時になった。車寄せに入ってきた車は看護助手のものだった。十一時になるころには、本当にまずいことが起きているのがわかった。僕は自分の部屋で壁にもたれかかって座り、ある男についての物語を書いた。男は家にいて、アル中の妻の帰りを待ちながら、自己嫌悪に陥っている。ひどく怯えており、怒りたいのに怒れないからだ。そんな話を書きながら、どんなことが起きてもそれを受けとめ、ほかのものに変えることのできるタフな自分が誇らしかった。

一時ごろ、母が部屋に入ってきた。僕はまだ書いていた。「アジェ、駅に行きましょう」僕は何も言わずベッドから出た。この駅への旅も物語のなかに入れられるなと思った。

駅の駐車場は広大で、ほとんど車がなかった。駐車スペース十二台ごとに高い外灯が一本立っていた。母と僕は車に乗ったまま、駐車スペースの列のあいだを行ったり来たりした。母の横で僕は恥辱に打ちひしがれていた。あまりに恥ずかしくて、近くの道を通りすぎる車の運転手たちの目について、いったい何をやっているのかと怪しまれるかもしれないと不安になりさえした。そして、こんな自分の反応も物語に入れればよい細部になると思った。

ステーションワゴンは頭を道路に向けて停まっていた。そのうしろに僕たちは車をつけた。母は車から降りて、その車のまわりを回った。たびたび顔を窓に近づけては中を覗き込んだ。


翌日の正午ごろ、電話が鳴った。父だった。父はマンハッタンのイーストサイドにあるベルビュー病院に自分で入院していた。

病院の受付で書類にサインしたあと、母と僕はコピーされた地図を頼りに長い廊下を歩き、かつては別棟だった建物ロビーをいくつか通りすぎた。ロビーは人気（ひとけ）のない大理石の干潟のようだった。そこに椅子でもあれば空港の待合所に見えただろう。

僕たちは白い金属のドアにたどり着いた。横の壁には小さなボタンがあり、すぐ下に「御用の方は押して下さい」と記されてあった。母はボタンを押した。

すると、ドアの窓の向こうに、看護師の制服を着た中国系の女が近づいてくるのが見えた。ドアがバタンと開いた。看護師は母と同じくらいの背丈で、陽気でにこにこしていた。僕たちを中に通してくれた。

診察室の前を通り過ぎると、看護師が言った。「あなたたちに会うのをご主人はとても楽しみにされていますよ。炭酸類は持ってませんか?」

「いいえ」と母は答えた。

「患者さんのなかには糖尿病の人もいるから、炭酸類の持ち込みは禁止なんです」

廊下の突きあたりにカラフルな漢字の垂れ幕があった。そこまで行くと、青いパジャマを着た男がこちらに近づいてくるのが見えた。パジャマはどこか滑稽な感じがした。ごわごわして硬そうだった。青いパジャマの下に肌着が見えた。不意にパジャマが紙でできていることに気づいた。そしてパジャマをまじまじと見つめているうちに、男が父だと気づいた。父はほほえんでいた。父がわからなかったということに僕は動転した。わからなかったせいで父を失った気がした。

「よく来てくれたなあ」と父は言った。「コーヒーを飲むか?」父はずっとほほえんでいた。優しい目をして、興奮しているように見えた。

母は泣きだした。

父は僕たちが来たのとは反対の方向に廊下を歩き出した。看護師はついて来なかった。「説明するよ。いいニュースがあるんだ。来てくれて嬉しいよ」

右手のドアロのところまで行った。父はドアを押し開けた。相変わらずほほえみ、喋り続けた。「昨日、自分から入院したんだ。助けが必要なんだよ、シューバ。俺の保険は最高だよ。ここに一か月入っても四百五十ドルしかかからないんだからな」

ドアの向こうは、煮詰まったコーヒーの匂いのするラウンジだった。周囲に椅子が置かれた丸テーブルが三つあった。そのうちのひとつでは、若い中国人の女が両親とおぼしき小柄で白髪のカップルと中国語でにぎやかに議論していた。天井の隅に固定されたテレビでは、『ソウル・トレイン』をやっていた。

父は僕たちを空いたテーブルに連れていった。僕たちは座った。座るやいなや、父は僕のほうを向いた。「ここにいるのはほぼ全員中国人だ。ここは中国人病棟なんだ」

父の話を聞きながら僕は思った。この瞬間をふり返りながら、このときまではすべてが順調だったのだと思う日が来るのだろうと。

「インド人病棟はないの？」

「ないな」

「じゃあ、どうして中国人病棟はあるの？」

「ニューヨークは中国人がたくさんいるからな」

父は母に視線を向けた。「コーヒーでも飲むか？」

母は視線を膝に落とし、ハンカチを鼻に押し当てたまま、いらないと首を振った。

父は僕に向き直った。「ひと月はここにいなくちゃならない」と父は言った。「いいことだ。長くいればいるほど、具合はよくなる」母に聞かせるためにそう言っているのがわかった。

「ここにはいい医者がいる」と父は言った。「看護師もとてもいい。なに、ありふれた問題なんだよ、この飲酒ってやつはさ」父はほほえみ、自信ありげに喋っていた。その自信ゆえに、父が妄想にとらわれているように見えた。明らかに真実ではないことを得意げに語る人のように。

「この病院に入りさえすれば誰でも酒がやめられるんだ」

父の真剣な顔を見て、父に対する愛でいっぱいになった。父にキスしたかった。父は片手を膝の上に置いていた。その手を取ってキスしたかった。

「ひと月もしたらよくなる」と父は言った。

母はうなだれたまま、両手で顔を覆っていた。

父が言った。「医者はいるし、心理士もいる。専門家のアメリカ人だ。一から百まで心得ているのさ」

じっと父の顔を見た。ほほえんでいた。父が喋れば喋るほど、父を失っていく気がした。僕の目の前で消えていくような気がした。

母と僕は週に何度か電車に乗ってニューヨークに行った。雪に埋もれた沼地のあいだを通るとき、胸を刺すような郷愁を覚えた。物事は今後さらに悪くなっていき、いつかこの時期のことを切望とともに振り返ることになるにちがいなかった。

父の部屋の壁は緑で、汗と乾いていない洗濯物の臭いがした。病棟のドアから部屋まで続く床には、黒ずんだ太い筋が一本走っていた。父を訪ねるときは、外から見えないようにドアを閉めたいと思った。母もそう感じているようだった。僕たちはドアを閉め、それでも静かに、遠慮がちに喋った。

母が父をどれほど大切に思っていたかに気づかされたのは、この時期のことだ。父はベッドに横になっていた。父のそばに座った母は片手の拳に顎を乗せて、くるおしいばかりに父を見つめていた。まるで父のことを記憶に焼きつけようとしているみたいだった。母の愛を物語るこのイメージが数日間、頭から離れなかった。それは川底にキラキラと輝くガラスの破片のように僕のなかで瞬いていた。

依存症患者とその家族のための集団カウンセリングも開かれていた。ただし場所はベルビューの本館で、中国人病棟ではなかった。中国人病棟は精神病棟だということだった。僕が初めて参加したセッションは、ラウンジで行なわれた。たぶん三十人くらいはいた。そのほとんどは部屋のうしろに置かれたコーヒーポットと粉ミルクのあたりをうろうろしていた。ほぼ半数が青い紙パジャマを着ていた。座っている患者もいて、投薬のせいで居眠りしているように見えた。家族の者たちは疲れ、不幸そうだった。患者たちとはちがい、たがいに話すこともなかった。両親と僕は窓を背にして座っていた。僕たちと中国人男性ひとりを除けば、全員が白人か黒人かヒスパニックだった。こういう人たちと自分が同じだということに戸惑っていた。あごひげを生やし、ニット帽をかぶった、背が低く肩幅の広い黒人男性のカウンセラーが、大きな声で呼んだ。「さあさあ、みなさん、始めましょう」

男は部屋の前に立つと、間延びした訛りのある声で十分から十五分ほど、依存症は病気だと説明した。依存症は治らないこともありますが、三十年間一滴も飲まないでいられることもあります。飲むのをぴたりとやめた日に逆戻りしたみたいに飲み出してしまうこともあるのです。依存症はつねに注意を怠ってはいけない病気なのです。父はしきりに頷いていた。同じことを父は言っていたし、いまでは何もかもわかっているから、これからよくなるだけだとも言った。

飲酒を病気と呼び、そうやって責任を回避するのはすごくアメリカ的だと思えた。

「空腹（hungry）、怒り（anger）、孤独（lonely）、疲労（tired）。ＨＡＬＴ。これらに注意してください。でも依存症患者は幸せだと飲んじゃうし、落ち込んでいるときも飲んじゃうんですよ」

カウンセラーは話すのをやめた。そして聴衆に話をするよう促した。

挙手するのは大半がアルコール依存症患者だった。若い女性が話し始めた。ほとんど叫んでいた。「火曜日にここに来たんだけど、昨日までのことをまったく憶えてないの。思い出せないのよ。何があったの？　誰も教えてくれないの。何があったの？」声はさらに大きくなった。「わたしは糖尿病なの。薬を持ってなかったのよ。憶えてないの。誰も教えてくれない」

　アルコール依存症患者のなかには、話をするときに、自分の声の響きが気に入っているような人もいた。年配の白髪の黒人男性が言った。「酒びんには全部警告がつけられるべきだね。『飲めば仕事を失う可能性があります。飲めば離婚する可能性があります。飲めばホームレスになる可能性があります』」彼は自分の言葉に得々と頷いていた。「俺は六十四になるんだが、聖ルカ病院で何曜日にカリフラワーが出るか知ってるよ。何曜日にベルビューでアップルパイが出るか、何曜日にＡＣＩ（依存症患者を支援する団体）で七面鳥の胸肉が出るか知ってるんだ」男は紙製の使い捨てシューズカバーを履いていた。爪先のところがはさみで切り開かれていた。くるんと巻いたぶ厚くて黒ずんだ爪が見えていた。

　母と僕は静かに様子を観察していた。母は膝の上で茶色のハンドバッグを握っていた。アルコール依存症患者が示す自信は、父がもう大丈夫だと言うときに見せる自信と似ていた。

　患者の妻や夫たちが喋ることもあった。患者たちよりも落ち着いて、より思慮深かった。ある白人の女性が言った。「自分と子供たちのことを考えなきゃいけないのはわかってるんです。でもどうしたらいいの？　この人が死んだら困るわ」彼女のとなりに座った、ひどくやせた若い黒人の男は前かがみになって椅子に座り、足元を見ていた。片方の手首につけた輪ゴムをずっとパチンパチン弾いていた。

父は退院した。

家に帰る電車で、母と僕は父と向かい合わせに座った。午後の遅い時間だった。父は冬物のコートにすっぽりとくるまれ、グレーの帽子を耳が隠れるまで下ろしていた。父は小さく不安げに見えた。僕は心配だった。病院にいたころは、母も僕もさすがにもう父は飲まないだろうと思っていた。でも家に帰ったら、しばらくは飲まないけれど、また飲みはじめるかもしれない。父の顔を見ながら、突然、ボンベイの海の見えるアパートにいる自分の姿を夢想した。ボンベイは映画でしか観たことがなかったから、ちがう人生を送りたいという願望からそんな夢想に駆られたのだと思う。

メトロパーク駅に着いた。母が車を運転した。

父は助手席に座り、窓の外を眺めていた。外は明るかった。冬の光の降りそそぐ芝生の庭のある家々の前を通りすぎた。家々は本物に見えなかった。舞台のセットみたいだった。

僕たちは洗濯室から家のなかに入った。父が言った。「きょうはあいつに会いたくないな。かまわないか？」

「もちろんよ。二階で休んで」

父は二階に行った。母と僕はビルジュの部屋に行った。兄はいびきをかいていた。傍らに腰かけた看護助手はセーターを編んでいた。母はビルジュにキスをすると、子供っぽい声で話しかけた。

その晩、父は「匿名のアルコール依存症者たち（アルコホーリクス・アノニマス）」のミーティングに行く予定だった。僕もついて行った。父がちがうところに行って酒を飲んだりしないよう、母が僕を一緒に行かせたのだ。

ミーティングの行なわれる教会は家から角を曲がったところにあった。駐車場と小さな墓地のある白いとんがり屋根の建物だった。入ると、男女が五、六十人、立ったまま話をしていた。たばこをすっている人もいた。赤ちゃんやよちよち歩きの子をつれた女性も五、六人いた。十歳か十一歳くらいの子供もいたのは、親がベビーシッターを雇えなかったからだろう。全員白人だった。僕の目には、みんな奇妙なほどふつうに見えた。問題を抱えた人たちには見えなかった。

ミーティングが始まった。何列にも並べられた椅子に着席した。部屋の前方にはテーブルがあり、そこに座っていた男が、初めての人はいますかと尋ねた。父は手を上げた。僕たちは部屋の後方にいた。周囲がざわついた。みんなが振り返って僕たちを見た。僕の弁当の中身をからかっていた学校の男子たちを思い出した。じろじろ見る奴らは大きらいだった。礼儀知らずじゃないか。

前のテーブルには、すごく太った女も座っていた。金髪で歯がなく、目の前にコカコーラの二リットルのボトルを置いていた。彼女が最初に話した。自分の話だった。小五から飲酒を始めたと言った。「学校から帰ると、ウィスキーを一杯飲み干して、母のマルボロを一本すう。そうやって一息ついてたのよ」しゃがれた声で笑った。胸のあたりで痰がゴロゴロ鳴っていた。

父は前かがみになって真剣に耳を傾けていた。

その女は学校を中退し、結婚し、堕胎したことを話した。堕胎の話になったとき、僕はたじろいだ。こんなことを人前で話すことに驚いていた。

その女は夫に殴られていると言った。ある晩、夫は家のキッチンのテーブルに拳銃を握ったまま座り、警官が入ってきたら撃ってやろうと待ち構えていたというのだ。「そりゃさすがにまずいわよね」聞いていた人たちが笑った。僕は思った。こんなひどい話がなんで笑えるんだよ？まわりにさんざん迷惑をかけてきて、それがいま笑ってるのか？「それで勝手口に行って、うちの亭主、銃を持って待ってるわよって警察に言ってやったのよ」それから女は息子の前で意識を失って、そこから目覚めたときのことを話した。なんらかの理由で、それが変化のきっかけとなったのだ。「酔ってなくたってひどい人生よ。わたしは病的に太ってるし、お金はないし。息子は十四歳の誕生日にギターが欲しいみたいなんだけど、買ってあげられないし。あの子のおばあちゃんにお願いしてみようかしら。いまだったらお金をくれるかもしれないし」

そのあと、多くの人が話した。ほとんどの人の話は、あのコーラを持った女の話よりも短かかった。別の女が最近マウスウォッシュを飲み出したと言った。「息子が結婚するのよ。なのにわたしは太った豚なんだから」男がひとり、妻と別れた話をした。息子にバースデーカードを送りたいときには、子供たちとの接触が許されていないので、保護司の前で書かなければならないという。こうした話のどこが飲酒と関係があるのか僕には理解できなかった。

こんな振る舞いをしているのに、それでも白人は僕らよりも偉いのだと思うとだんだん腹が立ってきた。

ミーティングは七時に始まり、八時に終わった。終わると、人々は立ち上がって部屋いっぱいに広がり、手に手を取って、祈りを唱えた。父と僕も周囲の人と手をつなぎ、言われているとおりにくり返した。白人のふりをしている感じがした。

その直後、僕たちは男たちに取り囲まれ、父は電話番号を記した紙片を渡されていた。この人たちは僕たちに何を望んでいるのだろう。病院で看護師がひとり、ハンドローションのチューブとタルカムパウダーのボトルを餌に、僕たちをキリスト教に改宗させようとしたことがあった。もしキリストを信じれば、ビルジュは一瞬で回復すると言った。僕たちに改宗する気がないとわかると、ハンドローションとタルカムパウダーを取り返した。

教会の外に出ると、ほっとして目まいを覚えた。風は冷たく湿っていた。駐車場を横切りながら僕は笑った。「白人があんな問題を抱えているなんて知らなかったよ」

「どういう人たちなんだろうね?」と僕は言った。「あんなことをやっちゃうなんてさ? どこから来たのかな? エジソンに住んでるのかな? 話を聞いてて、僕、思ったんだよ。どうして問題だらけなのさ? 白人でしょ。もっとひどいことが起こっても不思議じゃないんだよ。インド人みたいに、黒人みたいに苦しむべきだね。そしたら学ぶよ」僕はそう言ったのだ。本当にそう感じていたからだ。それはまた、ミーティングにいた連中と俺は全然ちがうよ、と父に言ってもらいたかったからだ。

それからしばらく、父と僕は毎晩アルコール依存者のためのミーティングに参加した。いろんな教会の大小さまざまな部屋で行なわれた。消防署の横にある、ガラス張りのものすごく大きな部屋で行なわれることもあった。ミーティングのあいだはカーテンが引かれた。

初めのころ父は決まって、電話番号を渡してくる男たちに囲まれた。本や、ミーティングの開催場所のリストを記したガリ版刷りの紙をくれる人もいた。そうやって取り囲まれると怖かった。本当は、放っておいてもらいたいのに、ええ、そうなんです、助けが必要なんです、と言わなければならない気がした。

ミーティングに来る人たちのなかにはよく見かける人もいた。大半はたんにアルコール依存症であるだけではなく、頭もおかしかった。自分の聴いている宗教ラジオ局の話をいつもする男がいた。杖を持っていて、人の話を遮って自分の意見をのたまう人もいた。ここに来る人たちはわたしのことが嫌いなのよ、わかってるのよ、と言って、大声で泣き出すガリガリにやせた女もいた。

ミーティングでは、ぞっとさせられることもしばしばだった。分別のあることを言う人たち――堕胎反対のパンフレットを配り出した男を大声を上げて制止した人たちにも苛立ちを覚えた。飲酒のせいでただでさえ自分自身と家族をひどい目にあわせているのに、どうしてさらに、こんなミーティングのような家族が巻き込まれなくちゃいけない手の込んだ解決策を考え出さなければいけないのだ。

ベルビュー病院から退院した父は、不安げでおどおどしていた。人の目を見ようとしなかった。多くの点で母と僕は、父がどんなに怯えていたかわかっていなかったと思う。家に戻ってから数週間が過ぎたころから、父は知人や、通勤中に電車で会う人たちに、わたしはアルコール依存症なんです、飲酒がやめられなくて入院していたんです、と話し始めた。あとから父は僕と母に言った。そうすれば、あの人たちが飲むのをやめさせてくれるんじゃないかと思ったんだよ、と。

母は友人のセティ夫人から父がしていることを聞かされた。「ミシュラさんはきっとふざけていたのね」とセティ夫人は弁解するように言った。彼女はジーンズと白いシャツを着て、キッチンに立っていた。「でもシューバ姉さん、みんながどんなだか知ってるでしょ。噂好きで、他人の悪口ばかりなんだから」

父が飲酒のことをみんなに喋っていると知ったとき、僕は理解した——この人は自分の得になるのであれば、僕たちがどんな目にあってもかまわないのだ。そう思うと恥ずかしかった。

セティ夫人が来て、父のことを教えてくれた晩、キッチンで母は父に食ってかかった。「病院に入ってたらよかったのよ」

父は何も言わず、涙目で母を見つめていた。

「わたしがいなかったら、あなたなんか誰からも見向きもされないわ」と母は言った。

数日後、ファイナンシャル・プランナーがやって来た。この人にも父は自分がベルビュー病院にいたことを話していた。即座に、もっと保険に入るべきだと父は提案されていた。「ノーとは言えなかったよ」と父は母に言った。

「だからこういうことになるのよ。あなたが弱味を見せたから、『利用しない手はないよな？　こいつはアル中なんだ。何をやったってかまやしないさ』って思われたんだわ」

ファイナンシャル・プランナーは日曜の午後に来た。柔らかい髪をして、グリーンのスーツを着ていた。スーツは大きすぎるように見えた。父は彼をビルジュの部屋に通した。看護助手が、感覚的な刺激を与えるために兄の鼻に玉ネギのかけらを近づけていた。

「飲んで事故になったとしても、こいつを守らなくちゃいけないですからね」と父は言った。同情を買おうとしているように聞こえた。

ファイナンシャル・プランナーは、各種保険や投資ファンドのパンフレットをはさんだ大きな黒いバインダーを持参していた。パンフレットをリビングルームのテーブルに広げて父に見せた。疑いと嫌悪の念を示すために母はしょっちゅうドアロに来ては、不服そうな視線を向けていた。

ファイナンシャル・プランナーは喋っているあいだずっと、父の腕と膝に触れていた。用件を終えて帰り際、次にやらなくてはいけないのは、父のすべての銀行口座を管理する権利を彼に委任することだと言った。

「無理ですよ」と父は言った。

「どうしてですか?」男はむっとしているように見えた。

「あなたさまのことを知らないからです」

「ジー」という敬称を使っていることからも父はずいぶん卑屈になっていた。

「何を知る必要があるんですか? 電話番号だって、住所だって教えますよ。あなたはアルコール依存症なんですよ。なのに、私より物事がわかってるとでも?」

自分はアルコール依存症だと父が人に言い出して数週間もたたないうちに、その事実は誰もが知るところとなった。ある日寺院に行くと、ナーラーヤン氏が近づいてきて、母に言った。「奥さん、ミシュラさんがあんなことを言うのをやめさせてください。人間というものは他人の不幸を喜ぶものですからね」

まず医者やエンジニアといった人たちが、ついで会計士や商店主などの中産階級の人たちが、うちに来なくなった。しまいには、ヒルトップ・アパートメンツに暮らす英語もヒンディー語もできないような人たちまで来なくなった。

噂が広まり、客が来なくなると、僕はビルジュに対して気後れを感じるようになった。兄の部屋に入るたびに、家族全員で兄を裏切ってしまった気がした。そして、初めて介護施設に行った日のことを——ビルジュのそばに座り、病院に比べると施設ってずいぶんと静かなんだなと気づいたときのことを思い出すのだ。

父のことがミナクシの耳に入るのはわかっていた。それを僕は恐れていた。父のことで彼女に嘘をついていた。父さんは陽気で、壁となって家族を守ってくれていると僕は言ったのだ。金を払おうとしない保険会社と闘い、当てにならない看護助手たちをちゃんと働かせる。そう僕は言った。自分をよく見られたかったからだ。当時、僕たちインド人の子供は人の値打ちはある程度は親によって決まると——少なくとも自分たちのあいだでは——感じていた。両親が大学に行っていれば、そういうちゃんとした家の子なのだから、大学を出ていない親を持つ子よりも値打ちがあるということになった。だから両親のことをよく言うのは理にかなっていた。それに、僕たちは周囲の世界に脅かされていると感じていた。だから自分の庇護者を悪く言えば、当然それだけ危険は大きくなった。

父が電車で自分はアルコール依存症だと言いふらし出して六週間が過ぎたあたりだろうか、噂はとうとう学校にまで届いた。ミナクシは僕のそばにやって来た。僕はちょうどロッカーの前にひざまずいていたところだった。顔を上げて彼女を見た。口はカラカラだった。彼女に対して盗みを働いたような気分だった。僕は良い家の出ではないのに、そうだと彼女に信じ込ませた。そして彼女はうちに来て、一緒にベッドに寝ころび、僕に体をまさぐらせた。

僕は立ち上がった。ミナクシと僕は見つめあった。

「わたし、父のことが嫌いなの」と彼女は囁いた。

その午後遅く、一緒に林のなかに立ってキスをしたとき、こんな素晴らしい子がほかにいるはずないと思った。

学校では男子の多くが僕のことを嫌っていた。僕は傲慢でうざい奴だった。成績がいいことを自慢する一方で、勉強が面倒くさいと愚痴ばかりこぼしていた。ヴィジェはすごい美男子だった。背も高くて羨ましかった。言葉に訛りもなかった。勉強ができて成績がよかった。でも僕のほうが勉強ができて成績もよかった。

ある朝、廊下を歩いていると、向こうからヴィジェが歩いてきた。僕を見ると、ふらふらと千鳥足になった。そばまで来ると、両手を伸ばし、僕の肩の上に置いた。ドキリとした。僕の顔をじっと見つめると、ろれつのまわらない口調で言った。「酔っぱらっちまった」

どんと彼を突き飛ばすと、急いでその場を離れた。目の奥で血が脈打っていた。

ヴィジェはクロスカントリー部に入っていたので、昼食のときには白人の生徒たちと座っていた。その日、彼はカフェテリアのインド人生徒たちのテーブルにやって来た。僕から七つか八つ椅子を隔てた端に立つと、大声で言った。「親父の具合はどう？　気分は良くなったって？」

僕は食事を見つめた。テーブルはしんと静まり返った。

「気分が良くなるといいなあ」

誰も何も言わなかった。すぐにヴィジェはどこかに行った。テーブルは静けさに包まれていた。
一、二分のあいだ沈黙が続いたあと、男子も女子もふたたび話しはじめた。けれど、誰もいま起きたばかりのことに触れようとはしなかった。ヴィジェの振る舞いに僕たち全員が困惑したからだと思う。僕たちはみな、自分たちの家での生活をどこか恥じているようなところがあった。家に帰れば、白人の子供たちが食べているようなものは食べていなかった。母親たちは、そしてときには父親たちも、奇妙な服を着ていた。僕たちの休日は白人の休日とはちがった。そして親たちはネズミに乗った神々を信仰していた。誰かを、その家族を理由に攻撃すると、自分自身の恥までさらけ出すことになるので、とことん意地悪にはなれなかった。

手紙を開封する前に僕たちは祈りを捧げた。母と僕はその日に届いた封筒はすべて両親の部屋の祭壇に置いた。最初に来た返事はブラウン大学からのものだった。不合格だった。僕たちは祭壇の前にひざまずいていた。「大丈夫よ」と母が言った。母はため息をつくと、よいしょと立ち上がった。この有名大学に合格して母を喜ばせることができなかったことを僕は心のどこかで恥じていた。

僕は立ち上がった。自分が見すかされている気もした。ブラウン大学は僕がどれだけみじめな奴か何もかも承知しており、僕がそれほど賢いわけではないことも、中二のときに進化についてのレポートで百科事典を丸写ししたことも知っているのだと思った。

三月には、ほかにもいくつか不合格通知が届いた。僕は十七歳になっていた。僕が学校から帰宅するのを待って、母と一緒に封を開いた。部屋の空気には息をしづらいものがあった——その時間帯に母が午後の祈りを捧げ、お香の煙がまだ立ちこめていたからだ。

僕がプリンストン大学に合格したのは、出願書類のひとつとして提出した短篇を、自分自身も兄を水難事故で亡くした人が読んだからだと知った。

母は手紙を開封した。封筒の端をちぎって振ると、紙が一枚滑り出た。「おめでとう！」ようやく受け入れられたのだ。クイーンズの寺院にひざまずき、母がブロンクス理科高校からの手紙を開封したときのことを思い出した。

「母さんが一生懸命頑張ったかいがあったね」と思わず僕は母に言った。「有言実行したね」僕はそれを自分の手柄とは認めたくなかった。プリンストンに受かったのが自分の手柄だと認めれば、家族から離れていくような生活を送るつもりがあるとみずから認めることになってしまう。

僕たちは階下のビルジュに知らせを伝えに行った。心臓が激しく打っていた。兄は訓練用ベッドに横たわっていた。パジャマの下の腹部は、ガスが充満しているかのように膨れ上がっていた。尿道カテーテルのチューブが腿の上を横切って、ベッド脇にぶら下げられたバッグまで伸びていた。「いっぱい喰わせてやったよ」と、ビルジュの足を握りながら僕は言った。「兄ちゃん、母さんは有言実行したよ。さあ、起きてよ。いつまでそこで寝転がってるつもりなんだよ？」

その春のあいだずっと僕の念頭にあったのは、もし事故が起こらなければ、いまごろビルジュは大学(カレッジ)を卒業して、医学校に出願していただろうということだった。その意識は肉体的な感覚に近かった。腰痛になって、たえず足の踏み出し方を注意しているのと似ていた。

セティ夫人はかつては母の親友の一人だった。でも僕たちを見捨てたのだ。父の飲酒が知れわたると、母に話しかけなくなった。うちにも来なくなり、電話をかけてくることも母からの電話に折り返しかけてくることもなくなった。それも当然だと僕は心のどこかで思っていた。問題を抱え込んだ、奇妙で面倒くさい連中に時間を費やす必要があるだろうか？　厄介事を求める必要が？　でも、それが当然だということ自体が僕の困惑をさらに深くした。

　僕がプリンストンに合格すると、いろんな人が電話をかけてきて、息子さんを連れてきて欲しいと母に言った。セティ夫人もそのうちの一人だった。僕たちを自宅での夕食に招いてくれた。

「こんにちは、お茶目さん」到着した僕たちのためにドアを開けながら、彼女は言った。夫は歯医者で裕福だったから、彼女はたいていの人たちよりもどこかアメリカ人っぽかった。白いパンツと青いシルクのブラウスを着ていた。彼女を見て僕は思った。いまなら僕たちと友達でいても恥ずかしくないいってわけか。

　夕食を取ったのは、だ円形の木のテーブルがあって、陶磁の食器類が収められた棚が壁沿いに並んだ部屋だった。テーブルの真上にはシャンデリアがあった。テーブルの一方に母と僕は座り、反対側にセティ夫妻が座った。母の真向いがご主人だった。彼は食事を始める前に言った。「来てくれてありがとう。ビルジュを家に置いてくるのは難しいってことは承知しています。嬉しい限りです」

「あなたたちのためでなかったら」と母は言った。「ほかの誰のためにこんな骨折りをするっていうんですか？」母はにっこりと、怒ったようにほほえんだ。僕のほうを向いた。こわばった、明らかな作り笑いだった。「セティおじさんがどれだけ礼儀正しい人かわかるでしょ。自分の家に食事をしに来る人にもお礼を言うんだから」

　沈黙が少しあった。

　セティ夫人はスチール製の容器が三つ置かれたテーブルの中央に手を伸ばして沈黙を破った。

蓋をひとつ取るとヒヨコ豆をお玉ですくって、陶器のボウルによそった。「ヒヨコ豆はあなたの好物だってお母さんが言ってたから」

「ありがとうございます」と僕は口ごもった。

「セティおばちゃんがどんなにいい人かわかるでしょ？」母は大きな声で言い、にっこりと、怒った偽りの笑みを浮かべた。

誰も喋らなかった。僕たちはみな少しのあいだじっとしていた。それからゆっくりと腕が動き、テーブルの上に手が伸ばされはじめた。ボウルは満たされ、重ねられたロティを包んだアルミホイルが剝がされ、パンが回された。僕たちは食べ始めた。静けさのなか、ロティをちぎり、カレーをつつく母の仕草のひとつひとつからも怒りが伝わってきた。

数分して、母はセティ氏のほうを向いた。ほほえむと、まるで彼が何か言ったばかりのことに同意するかのように頷いた。「この子に助言をくださいな」と母はお願いした。「アメリカについてこの子やこの子の父親が知らないことをご存知ですもの」

セティ氏は困っているようだった。優しい柔和な顔立ちの人だった。「アジェはこれまで通りにやっていけばいいんですよ。両親と兄さんの助けになるようにね」

「いいえ。この子に進むべき道を教えてやってください」母は前のめりになった。

セティ氏はどうしたものかと尋ねるようにちらっと妻を見た。

「姉さん」とセティ夫人は言った。「教えを乞うのは私たちのほうよ。プリンストンに入るような子供を育てたんだから」

「何を言ってるの？　お宅のようなおうちに招いていただいて幸運なのは私たちです。アジェの父親があんなことをやらかしてから、なんの希望も持てなかったんですもの」母の声は大きくなった。母はもうあからさまに怒っていた。僕たちは食べるのをやめた。

「セティさん、どうかアジェにアドバイスをしてやってくださいな」母の声は高く、哀れみを誘った。「どうか教えを与えてやってください」

セティ氏は僕をちらりと見た。

「お願いします」と母は言った。

彼は頷いた。「私は知らなかったことなんだがね、アジェ。アメリカではベルトの色は靴の色と合わせないといけないそうだよ」

母は前のめりになった。「もっと教えてやってください」と母は言った。「まさにそういうことをこの子は知る必要があるんです」

セティ夫人が言った。「シューバ姉さん、大切なことは何もかもあなたがもう教えてるじゃない。こんなことはどうでもいいことよ」

母はほほえんだままセティ氏を見つめ続けた。母が哀れになった。

「ナイフとフォークをきちんと使えるのは大切なことだ」と彼は言った。「アメリカで仕事を得る前、いい仕事を得るときにはね、まあたいてい、自分の上司になる人からランチかディナーに誘われるんだよ。そのときにちゃんとしたナイフとフォークの使い方を知っておく必要があるわけだ」

「素晴らしい、素晴らしいですわ」と母は言った。「そういうことをこの子に教えてあげたかったんですけど、一日中家にいるものですから」

「今晩はもうこれくらいで十分でしょ」とセティ夫人が言った。

母は彼女を見つめた。「お願いよ。この子はあまりに何も知らないのよ」母はふたたびセティ氏のほうを向いた。

「ミシュラの奥さん」苛立ったような声でセティ夫人は言った。

「わたしにご主人のような良いアドバイスができればいいんだけど」と母は言った。「でも何がわたしにできますか？　頭のなかはろくでもない考えしかないんですから。わたしはくだらない人間ですから」

「喧嘩するつもりだったのなら、どうして来たの？」

「わたしに礼儀を期待してたの？　うちの夫は酔っぱらいなのよ」

夕食の途中で僕たちは辞去した。

外は暗かった。白くかすれた半月が屋根のすぐ上に見えた。僕たちは少しのあいだセティ家の車寄せに立っていた。僕たちは歩いてきていた。母はバッグを開けると、ほっそりとした懐中電灯を取り出し、僕に渡した。家に向かって歩き始めた。歩道を歩いているあいだ、母は興奮気味に怒ったように喋っていた。「雌牛にだって角はあるのよ」と母は言った。

歩きながら、インドに住んでいたころを思い出していた。夜になるとよく電気が消えた。そんななか母と僕とビルジュは三人で、どこかに出かけたり、どこかから帰ったりしていたものだ。母がバッグから懐中電灯を取り出して、ビルジュに渡す。ビルジュは先頭を歩き、僕たちを導く。懐中電灯が地面に投げかける光を揺らし、「ついてきて」と言う。

大学に行くために僕が町を離れたときにはもう、イズリンの町に入っていくあたりのオーク・ツリー通り沿いの古い家々の一階には、次々と商店がオープンし始めていた。人々は自宅のリビングルームで商売を行なっていた。家々はきゅうくつに立ち並び、狭くて脆弱な正面のポーチは、足を踏み入れるとガタガタ揺れた。となりに住む年老いた白人たちは、カーテンをさっと脇に寄せて、やって来る者を見た。室内にはたいてい、誰かがベンガルからこっそり持ち込んだ魚を入れた冷蔵庫があった。店には、ニガウリの種の袋とかインドから不法に輸入された濃い赤色のニンジンが置かれていた。家の裏手には英語の喋れない年老いた女性たちがいて、パーティーのための食事を用意していた。テレビを見ているか宿題をやっている子供がいることもあった。

大学に通っていた最初の二年のうちに、そうした家々のいくつかは内壁をぶち抜かれ、ごくふつうの店に変えられた。残りの家々は解体された。そのすべてを僕は見た。月に二回くらいは、洗濯物を持って帰省し、食べ物を持って大学に戻った。しょっちゅう帰省したのは、母がよく泣きながら電話してきたからだ。七十二時間も看護助手が来ていないとか、疲労から目まいがしてもどしてしまうとか言ってきた。母は言った。「ビルジュのお尻から血が出るのよ。病院に行かなきゃって言ったらお父さんに怒鳴られたわ。ビルジュに人工呼吸器はつけさせないぞって言うのよ。『これのどこが人工呼吸器と関係があるのよ?』って言ってやったわ」

父はずっと飲むのをやめていた。それでも以前よりもふさぎ込むようになっていた。週末になると、朝、シャワーを浴びてひげを剃り、清潔なパジャマを着ると、腕を組み、眉間にしわを寄せて、リビングルームのソファに一日中座っていた。


いまでは移民としてやって来る人たちも多様化していた。インド人が外で働いている姿を見かけるようにもなった。うちの両親の家近くのガソリンスタンドで店員として働いている白髪頭の男がいた。そのスタンドに車を入れて、彼に調子はどうかと尋ねると、自分がどれほどアメリカと白人を嫌っているかを熱心にまくし立てた。もし、いや、それほど悪くないよ、とでも言おうものなら、僕も嫌われて、見かけがインド人なだけで白人と同じように馬鹿な奴だと思われるにちがいなかった。

こうした新しい移民は混乱した生活を送ってきた人たちだった。一度、ショッピングモールで、大柄で太った女が二人殴り合っているのを見かけたことがある。

もちろん新しい移民たちも寺院に足を運んだ。そこや雑貨店で僕たちのことを知った。母を訪ねてくるようになった人もいた。僕が帰省すると、僕に会わせようと女たちは子供を連れてきた。子供たちは恥ずかしそうに僕を囲んで座った。

母は喜んでこういう女たちに助言を与えた。ある女の夫にはガールフレンドがいて、母はこの男と別れさせようとした。

「その女がつらくなるだけだとは思わんのか？」とあるとき父が言った。「『もしもわたしだったら、子供もろともガソリンをかぶってやるところよ』だなんて言うやつがあるか」

プリンストンはエジソンから四十五分の距離だった。両親の元に頻繁に戻ったけれど、別の国に住んでいる気がした。

ゴチック様式の建物と、何世代にもわたって歩かれてきたために真ん中のあたりがへこんでつるつるになった石の階段を踏みしめていると、自分が歴史の一部となっている感じがした。もし僕が賢く、注意深く振る舞えば、善いことばかりが起こる気がした。

寮では他の七人の学生と居住スペースを共有した。二人はアメフトの選手で、一人はアイスホッケーをやり、四人がゴルフをやっていた。僕は溶けこもうと努力した。エッシャーのポスターを数枚、ジミ・ヘンドリクスのポスターを一枚買って壁に貼った。

大学ではうまくやれないのではないかと不安だった。最初の授業で、横に座った男子学生が取っていたノートを見た。彼の需要曲線と供給曲線は僕のよりもきれいに描かれているように見えた。ほとんど全員が予備校に通ったことがあり、中世にはインフレはなかったといった類の奇妙なことをすでに知っているように見えた。けれど、僕と同じくらい勉強にいそしんでいる学生はあまりいなかった。

夜中の二時にファイアストーン図書館を出て、キャンパスに点在する奇妙な彫像のあいだを歩いた。暗闇のなかから庭の木が見えてくるまで部屋の机に向かっていると、自分は何事かを成し遂げようとしていると感じた。一時間勉強するごとに、ちょうど勉強を通じて獲得している知識に手で触れているかのように、そこから物質的な価値が生み出されていく感覚があった。ある週末、両親の元に戻ると、その土曜日の夜は徹夜で勉強した。朝、机に向かっている僕を見た母は、グラスにミルクを入れて持ってきてくれた。そのあと、母は兄の部屋に行き、兄に向かって言った。「あなたの弟は苦痛を飲みこめるのよ。一日中、机にかじりついて苦痛を飲みこむことができるのよ」

大学での最初の学期、僕はシェイクスピアについての講義を取った。次のような言葉を読んだ。

ロミオが死んだら
返してあげる、切りきざんで小さな星にするといい、
そうすればロミオは夜空を美しく飾り、
地上の人という人は夜を愛するようになり、
ギラつく太陽をうやまうことをやめるだろう。

こんなふうにビルジュのことを愛せたらと思った。けれど、大半の講義でやっていたのは、奇妙で役に立たないこと――シェイクスピアの時代の人々が日記や手紙に書きつけた夢を読んだりすること――だった。僕は経済学を専攻し、計量経済学を中心に学んだ。

ミナクシはヴァージニア州の大学にいた。電話は夜九時以降にかけると一分十セントだった。節約するために一日おきに電話で話した。話さない日には、まず僕が九時に彼女の部屋に電話をかけ、一度鳴らしてから切った。すると彼女も同じことをした。そうやってたがいに愛を伝えあった。

一年生の終わるころ、ほかの男の人とつきあい始めたの、と言われた。こういうときにありがちなことを僕もした。彼女に電話をかけては泣き、僕とやったようなことを新しいボーイフレンドともやっているのかと問いつめた。ときには、夜中の二時とか三時に、彼女がボーイフレンドといるんじゃないかと想像して、二人の眠りを邪魔してやろうと電話をかけた。

いまミナクシはテキサスに住んでいて、会計士の仕事をしている。そのことに僕は驚いている。というのも我々は、自分にとって大事な人は華やかな人生を送るものだと思いがちだからだ。

二年生の終わりごろから、ドイツ人の女子学生とつきあい始めた。当時、僕は白人の言うことはどんなことでも自動的に見下していた。真実や現実について白人が知っているとでも？　同時に僕は白人をつねに羨んでもいた。ダイアナは合唱団で歌っていた。彼女が歌っているのを見ていると腹が立った。僕は彼女の前に立つと馬鹿にした感じで歌った。数か月もすると、ダイアナは僕を避けるようになった。最後には、「もう電話しないで」と言われた。僕はひどく動揺し、彼女が一学期間休学すると、もうキャンパスで彼女を見かけずに済むと思って安堵した。

大学を卒業すると、僕は投資銀行に入った。自分はきつい仕事には慣れていると思ったのだ。

毎朝、歩道にコーヒー売りのスタンドが立ち始めるころに退社した。数時間後、ラッシュアワーの時間帯にオフィスに戻った。オフィスを離れてからほとんど時間が経っていないので、前の日がまだ続いているような感じがした。シャワーを浴び、ひげを剃ってはいたけれど、風呂に入らず新しい服を身につけているような奇妙な感覚があった。

副社長としての最初の年、七十万ドルを稼いだけれど、どう使えばよいかよくわからなかった。ある冬、手袋が必要になった。店が賃料を払うために上乗せしている分を払いたくなかったので、歩道で手袋を売っている露店商を探した。数日のあいだ、露店商をひとりも見つけられず、その間、ポケットに手を突っ込んでいなければならなかった。

働き出してすぐの頃から、僕は毎月母に小切手を送り続けた。稼げば稼ぐほど、その金額は増えていった。母はそれを使わずに貯めていた。「もしおまえが仕事を辞めたら、どうするんだい？」と母は言った。

両親は定期的にニューヨークに住む僕に会いに来た。僕自身が訪れるようになり、そのことを誇りに思える場所に二人を連れていった。一度、両親をメトロポリタン美術館に連れていったけれど、だいたいは高級な雑貨店に行った。そうやって店をぶらついていると、アメリカに着いたばかりのころを思い出した。母はよく僕とビルジュを雑貨店に連れていき、僕たちは足を止めては、さまざまな缶詰のラベルを読んだものだった。

ビルジュにはちらほら白髪が混じるようになった。両親のもとを訪れて兄を見ると、それから数日は怒鳴りつけられたような気分になった。

母の耳は遠くなり始めた。母は補聴器を買いたがった。「なんでだ？」と父は言った。「まかりまちがっておまえにいい知らせがあったら、俺が書いて教えてやる」

母の六十歳の誕生日に、二十五万ドルの小切手を送った。数日のあいだ母は換金しなかった。それを友達たちに見せていた。そして両親は、一日二十四時間、看護師と看護助手を雇うようになった。ある日の午後、実家に戻ると、二人は裏庭でローンチェアに座っていた。僕はキッチンに立って窓から二人を見ていた。


七年のあいだ、僕は女性とちゃんとつきあったことがなかった。仕事のストレスがあまりにも大きくて、僕はすぐにキレた。レストランでディナーをしていて、相手がトイレに行ったりするとパニックに陥った。自分には時間がないのに、そのわずかな時間を無駄にしている気がしたのだ。一度など、女性がなかなかトイレから戻ってこないので、支払いを済ませて店を出てしまった。ある女性と映画を観に行き、つまらなかったのだけれど、彼女は出ようとしなかった。「我慢できないよ」と言って、僕は映画館から出ていった。

僕は自分のほとんど知らない女性に病的なほど焦がれるようになった。もしある女性が趣味のよい服装をしていると、この人はどんなときでも優雅に振る舞えるのだと考えた。僕に金があまりなくても彼女ならきっと親切にしてくれるはずだと夢想した。

ヒーマは弁護士だった。インド系の若い職業人の集まりで会った。背が低く、ややずんぐりしていた。お尻が大きく、博物館で見かける粘土でできた豊穣の女神像に似ていた。僕の見た目の好みは、自分と同世代の平均的な女性のものだという自覚はあった。彼女と会うたびに僕は興奮した。

僕はヒーマのことはよく知らなかったが、メキシコのリゾートに誘った。そこでの最初の午後、彼女はプールに行き、僕は部屋で昼寝をした。夕方、下に降りていき、彼女を探した。プールは巨大で、優しい青色をしていた。その先には白いビーチがあり、海上では赤い水上機が揺れていた。プールの周囲は騒がしかった。話し声がして、音楽が流れ、ディナーの準備をする従業員たちが動かすテーブルがセメントのパティオにこすれる音が聞こえた。暖かく、そよ風の吹く、美しい一日が終わろうとしていた。

そこにヒーマがいた。僕はプール際に立って、手を振った。僕はショートパンツにリネンシャツを着ていた。彼女は水を蹴って僕に近づいてきた。青い水着を着ていた。僕は手を伸ばして、彼女を水から引き上げた。力強く、たくましい体をしていた。

彼女は僕によりかかってきた。「酔ってるの」とくぐもった声で言った。目がとろんとしていた。

近くのテーブルに連れていった。彼女はぐったりともたれかかってきた。「今朝は早く起きすぎちゃった」

ヒーマは籐の椅子に座った。両足を伸ばして、頭をうしろに傾けた。暗くなりつつある空を見上げていた。目は大きく見開かれていた。彼女は美しかった。僕は幸せな気分に浸りつつあった。すべてがあるべきところに収まっているような不思議な感覚。横を向いた。

最後まで残っていた子供たちがプールから這い上がろうとしていた。人々は笑っていた。遠くでは、男とその家族がビーチから立ち去ろうとしていた。そよ風のなかにトンボが浮かんでいた。僕は、悲しく、幸せで、満ち足りていた。日が沈みつつあった。風が強くなっていった。パーム椰子の葉が嬉しそうに震えていた。腕の内側にヒーマの体の重みを感じていた。僕はますます幸せになっていった。向こうにはビーチがあり、波が寄せては返し、海上で赤い水上機が揺れていた。幸福はもはや重荷だった。

そのときわかった――僕はまずいことになっている。

数多くの組織と個人からの援助がなければこの本は書かれていなかっただろう。

ジルズ・ホワイティング基金からは、この小説を書くのを諦めかけていたときに、財政的にサポートしていただいた。ローマの全米アカデミーからは、ひどく落ち込んでいたときに、美しい建物にあるアパートに滞在する機会を与えていただいた。

ジョン・ヘンダーソン、レイ・アイル、そしてナンシー・パッカーは小説の草稿を幾度となく読んでくれた。ビル・クレッグは代理人（エージェント）以上の存在だった。ローリン・スタインは、僕にこの本の執筆は諦めたほうがいいとずっと言っていたのだが、最後の最後で、この本がゴールラインを越えるのを手助けしてくれた。


とりわけ、僕の編集者ジル・ビアロスキーと出版元であるW・W・ノートン社に感謝したい。原稿を渡したとき、約束より九年も遅れていた。毎年、小説の提出予定日になると、ジルはメールを送ってきて、僕をランチに誘ってくれた。僕は小説を渡せなかったことが恥ずかしくて何週間も返事が書けなかった。彼女とノートン社の忍耐強さを思うにつけ、僕は何年にもわたって、並はずれて親切な人たちに自分は支えられてきたのだと感じている。

訳者あとがき

インドのデリーに暮らす一家族。気むずかしい父親と教育熱心な母親。利発な兄ビルジュと、その兄を羨望する弟アジェ。ある日、父親がアメリカに移住することを決意する。

暮らし始めた新天地アメリカ社会の経済的な繁栄に驚くと同時に、宗教や言語を含む慣習の違いから生じる困惑や恥辱も経験しながらも、家族は少しずつアメリカでの生活に慣れていく。ところが間もなく、兄のビルジュが大きな事故に見舞われる。この悲劇的な事故のその後を家族はどのように生きたのか。家族の生活＝ファミリー・ライフが、事故当時まだ子供であったアジェの視点から回想される——。

本書 *Family Life*（W. W. Norton, 2014）は、著者のアキール・シャルマ自身の体験にもとづいて書かれた自伝的色彩の強い小説である。シャルマ自身もまた、語り手にして主人公であるアジェと同じようにデリーで幼少期を過ごし、八歳のときに家族でアメリカに移住している。そして本作の中心的な出来事である事故は、シャルマ自身の兄に起きたことでもある。〈小説〉と銘打たれてはいるが、アジェの経験や声に、シャルマ自身の経験と声を重ね合わせないことはむずかしい。

本書をお読みいただければわかると思うが、兄の事故とそれに続く介護体験は、家族にとって、とりわけ弟のアジェにとっては、その後の人生のありようを決定づけるトラウマ的な体験となっている。変わり果てた兄の姿を見つめ、兄の救いのない状況を考えるたびに無力感や絶望に苛(さいな)まれる弟。しかしアジェはあるとき気づく——〈書く〉という行為が、そうした仮借のない現実と向き合う力を与えてくれることに。それはおそらくシャルマ自身の実感であり信念であろう。兄の事故とそれが彼と家族にもたらしたものに形を与える、つまり書くために、シャルマは小説家になったのだと言えば言い過ぎだろうか。

とはいえ、この経験について書くことは決して容易ではなかったようだ。一九九〇年代の半ばから、*The New Yorker* や *The Atlantic Monthly* などの著名な文芸誌に定期的に短篇を発表し（O・ヘンリー賞を二度受賞している）、二〇〇〇年に刊行した第一長篇 *An Obedient Father* でPEN／ヘミングウェイ賞を受賞するなど、小説家として着実にキャリアを積み上げていたシャルマだったけれど、本作を書き上げるために、なんと十三年近くを要しているのである。「なかなか書けず、でも一日六時間は絶対に机について書くと決め、ストップウォッチで時間をはかった」とシャルマは訳者に言っていた。この小説の執筆は、彼にとって精神的に追い詰められていく体験でもあったようだ。その労苦の結晶とも言える『ファミリー・ライフ』は、二〇一五年に第二回フォリオ賞、二〇一六年には国際IMPACダブリン文学賞を受賞するなど、国際的に高い評価を得ることになった。

訳者がこの小説を翻訳するきっかけはシンプルなものだ。作者のアキール・シャルマと出会ったからだ。二〇一四年六月に、イギリスのノリッチで開催された文芸シンポジウムWorldsに参加したときのことだ。その年の主題が「ノスタルジア」だったからか、郷里である大分の海辺の小さな土地を舞台に小説を書いてきた作家でもある訳者は招待されたのだ。世界中から集まった三十人近い作家と翻訳者たちが、高くそびえる尖塔が街を見下ろす大聖堂の敷地内にある会議室で、三日にわたって朝から夕方まで、ノスタルジアをめぐってひたすら議論した。そして夕方からは、市民を招いて作家たちの朗読会が行なわれた。

二日目だったと思うが、午前のセッションの基調報告者が、アキール・シャルマというアメリカから来た作家だった。配布されたパンフレットの紹介文によれば、一九七一年生まれ。訳者とほぼ同年だ。小さな頃に家族でインドのデリーからアメリカに移住し、プリンストン大学を卒業している。そしていまはニュージャージー州にあるラトガーズ大学で創作を教えながら作家活動を続けているという。スクエア型のメタルフレームの眼鏡のレンズは厚く、その奥の瞳はどこか悲しげだ。報告のなかで、刊行されたばかりの自作*Family Life*について語っていた。正直、彼の英語は早口で、しかも訛りも強く、話の内容が理解できたとは言いがたい。誰かがプールに飛び込んで脳に回復不能な大きな損傷を受けて、その後ずっと寝たきりになった——そんな話をしていることはなんとなく理解できた。

翌日だったと思う。初夏の心地よい晴れた日だった。午後のセッションが終わり、会場を出たとき、うしろから声をかけられた。

振り向くと、そこに自身の自伝的小説について語ったあのインド系の作家がいた。正直なところびっくりしたし戸惑いもした。シンポジウムの参加者たちのほとんどがセッションの議論に真剣に参加していたのに、途中で抜け出して、そのまま いなくなってしまう、あのインド系作家だったからだ。あくまでも見た目での判断ではあるが、議論をつまらなさそうに聞いている印象もあり、アキール・シャルマって、ちょっと気むずかしそうな人だなと思ってもいた。そのシャルマが話しかけてきたのだ。

「もしよかったら一緒に街を散歩しながら話でもしないか」

それに対して、もごもごと言い訳するように、訳者は——いや、いずれシャルマの訳者となることをまだ知らない僕は答えた。

「いやいや、僕なんかと話してもつまらないと思うなあ。英語もろくに喋れないし。時間の無駄だよ」

「僕がきみと話したいんだ。僕がそうしたいんだから、時間の無駄なんてことはない」

僕と話がしたいなんて、まったく理解できなかった。シャルマはつまらなそうに議論を聞いていたと書いたが、会場に飛び交う言葉——世界のさまざまな地域の訛りを運ぶ多様な響きの英語でなされるやりとり——に僕はほとんどついて行けず、面白いとかつまらないとか判断できる以前のレベルだった。場の空気も読めないどころか、ひたすら空気の一部と化して沈黙していたのである。つまり存在していないも同然。そんな僕の何が彼の関心を引いたのか不思議だった。

ノリッチの街を二人で散歩した。意外にも、シャルマは僕のつたない英語にもいやな顔をせず真剣に耳を傾けてくれる。僕は尋ねた。

「きみの報告を聞いて、よくわからなかったところがあったんだよね。誰が脳に大きな損傷を負ってしまったの？」

「兄だよ」とシャルマは静かに答えた。

この彼の答えを聞いたときに、もしかしたら同じような経験が僕たちを近づけてくれたのかもしれないと驚きとともに確信した。そのとき僕は兄を失いつつあった。郷里に暮らす三歳年上の僕の兄は、脳腫瘍で余命宣告を受けていた。前年の六月に悪性の脳腫瘍が見つかった。腫瘍は脳の両半球にあり、手術を受けたがすべてを摘出することは不可能だった。手術後、一時歩けるほどに回復した時期もあったが、発見からほぼ一年が経ったちょうどそのころ、兄の状態はもう取り返しのつかないほど悪くなっていた。最期は自宅で迎えさせてあげたいと家に連れて帰られた兄は、介護ベッドにほとんど寝たきりになっていた。

シャルマと僕は日がいつまでも暮れない初夏の街を一緒に散歩した。すがすがしい日だった。僕たちはノリッチの名物書店 The Book Hive に立ち寄り、出会った記念にと、平積みになっていた *Family Life* を僕は購入したのだ。シャルマは気恥ずかしそうにほほえんだ。「読んでくれたら嬉しいよ」と言いながら、献辞を書いてくれた。

そして、この小説を読み始めてすぐに、内容のほとんどは彼の実体験にもとづくとシャルマ自身から聞いていたがゆえに、彼のまなざしや仕草の一つひとつにしみ込んでいる悲しみの理由がわかった気がした。本書に書かれているような経験をくぐり抜けてきた人間がどうして深く傷つかずにいられるだろうか。兄に起こったことがどうして兄に起こってしまい、自分に起きなかったのか。罪悪感に打ちのめされて、何度も死にたくなった、とシャルマは言った。僕には返す言葉がなかった。

僕が兄のことを話すと、いずれ遠からぬ兄との別れを迎えようとしている僕を気遣って、シャルマは自身の体験を振り返りながら助言を与えてくれた。まだ生きているうちに、手や顔にできるだけ多く触れて、その体を感じること。お兄さんがまだ声が出るようだったら、録音しておくといい——兄の声が聞きたくなるんだけど、もうはっきりと思い出せないんだ。そういうことを考える時間もなく、兄は声を失ってしまったから……。

ノリッチから帰国して、*Family Life*を一気に読んだ。そして、どうしてもこの小説を僕自身が翻訳したいと思った。肉親が病気になったり事故にあったりするという経験は決して珍しいものではない。回復の見込みのない状態に陥った肉親を長期間介護するという体験は、一見稀有な体験に見えるが、人間が死すべき存在である以上、どんな家族にも、誰の身にも起こることだ。いちばん苦しいのはもちろん患者だが、みずから望んで患者に献身的に付き添っている家族の犠牲もまた大きい。介護する時間が長くなればなるほど、患者への愛情、回復の見込みがないという絶望、蓄積していく心身の疲労がないまぜになりながら、残される家族の心のありようを、いわば家族の生命そのものを取り返しのつかないほど変質させてしまう。本書に書かれてあることは、アキール・シャルマとその家族が生きることになったきわめて特異な体験のようでいて、間違いなく僕たち自身がいつ生きてもおかしくない普遍的な物語でもある。

なお、一九九頁の『ロミオとジュリエット』からの引用は、小田島雄志訳（白水uブックス）を使わせていただいた。

本書を翻訳するにあたっては、早稲田大学国際教養学部で教えるデイヴィッド辛島さんに多くを教わった。そもそもノリッチの Worlds を運営する Writers' Centre Norwich に僕を紹介してくれたのはデイヴィッドくん（ふだん通りそう呼ばせてもらいます）だった。僕がアキール・シャルマに出会い、本書を知ることができたのは、すべてデイヴィッドくんのおかげである。中目黒のカフェで、デイヴィッドくんと一緒にこの小説を読んだのは、僕にとって至福の時間だった。デイヴィッドくんが示してくれた細部と全体の呼応をおろそかにしない緻密な読解によって、十三年近い歳月をかけて書かれたこの作品の持つ魅力を、あらためて、そしてより深く実感することができた。デイヴィッドくんに心から感謝する。

なお、アキール・シャルマは二〇一八年の三月に来日する予定である。読者の方々と交流する機会がきっとあると思う。いまからとても楽しみだ。

この作品が日本でも多くのよき読者に恵まれることを祈るばかりである。

二〇一七年十二月

小野正嗣

Family Life
Akhil Sharma

ファミリー・ライフ

著 者
アキール・シャルマ
訳 者
小野　正嗣
発 行
2018年1月30日

発行者　佐藤隆信
発行所　株式会社新潮社
〒162-8711 東京都新宿区矢来町71
電話 編集部 03-3266-5411
読者係 03-3266-5111
http://www.shinchosha.co.jp

印刷所
株式会社精興社
製本所
大口製本印刷株式会社

ISBN978-4-10-590143-1 C0397